ねむりのもり

沉睡的森林

〔日〕东野圭吾 著 郑琳 译

南海出版公司

新经典文化股份有限公司
www.readinglife.com
出 品

沉睡的森林

第一章

1

有人打电话告诉未绪，叶琉子杀了人。

未绪握紧话筒，紧咬白齿。随着心跳的加快，她感到耳鸣。

"你在听吗？"话筒里传来梶田康成有些含糊的声音。他的说话声显得如此怯懦，是未绪至今为止从未听过的。他一直是个充满自信的人。

"听着呢。"未绪答道，喉咙里好像有痰，使声音变得有些沙哑。咳了一声后，她再次回答："我在听。"

梶田沉默了片刻。未绪只能听见他急促的呼吸声。这沉默让人觉得他很想将情况说清楚，但又说不出话来。

"出大事了。"他终于说道，"但我想不必太担心，这是正当防卫。"

"正当防卫……"

"对，因此她并没有错。"

未绪没有说话。她试图思考梶田的话，但大脑并没有配合，只有叶琉子的面容反复浮现在脑海中。

也许是未绪默不作声的缘故，梶田补充道："其实是办公室里进了强盗，她把强盗杀了。"

"强盗……"未绪喃喃地重复道。这个词无法进入她的脑中。

"总之你能马上赶来吗？详细情况见面后再说。喂，你在听吗？"

"好的……知道了。"

电话挂断后，未绪仍然握着话筒，动弹不得。

过了一会儿，她坐到沙发上，不知不觉间习惯性地抱起了旁边的靠垫。想到这正是叶琉子亲手做的，她抱得更紧了。

正当防卫……

真是含义微妙的字眼，生活中并不会用到它。

放下靠垫后，未绪站了起来。不管怎样，她必须去一趟。她一边打开衣柜一边看了一眼墙上的钟。刚过十一点。

高柳芭蕾舞团位于离西武池袋线大泉学园站约徒步五分钟路程的地方，是一幢由砖墙环绕的二层钢筋建筑。未绪到达时，门前已停了数辆警车，附近有一些像是在看热闹的人，伸着脖子往里看。

入口处站着两个身穿制服的巡警。可能是为了威吓看热闹的人群，两人的表情都很严肃。

未绪正踌躇不定，有人从一旁搭话："你是芭蕾舞团的吧？"是一个穿黑西服的高个男人。看到未绪点头，那人说："我也刚到，一块儿走吧。"便迈开步子。听他的语气，未绪觉得他可能是警察。

和站在门前的巡警们简短交谈后，男人说了一声"请"，让未绪先进去。

"我看过一次高柳芭蕾舞团的《天鹅湖》。"年轻刑警边走边说，"是陪别人去的，开始并不期待，但看着看着就被吸引住了。"

听到这里，未绪理应道谢，但她完全无心如此，而是问叶琉子怎么样了。

刑警摇了摇头。"我也不清楚到底怎么回事。"

"这样啊……"

走进玄关，旁边就是办公室。有不少男人接连出入其中。年轻刑警向旁边的一个中年男子说明了未绪的情况。

"把她领到会客室。"中年刑警说道。

年轻刑警一边窥视着排练厅，一边将未绪领到会客室。

会客室里也有巡警。年轻刑警与巡警简短交谈了几句，让未绪在里面等，自己则走向办公室。

"你来了啊。"

刚一进屋，未绪就听到有人和她打招呼。是之前打来电话的梶田。芭蕾舞团的经营者高柳静子也在一旁。抬头看见未绪后，她默然点了点头。两人的脸色都极其疲惫。

"究竟发生了什么？"在他们对面坐下后，未绪交替看着两人问道,"我完全不知道……"

似乎是为了抚慰她,梶田轻轻伸出了右手,手势就像演芭蕾舞哑剧时一样柔和。他既是芭蕾舞团的总排练者,又是编舞,还是艺术总监。"冷静。"他首先说道,"我从头开始说。"

"好的,拜托了。"说完,未绪将左手放到胸前,轻轻闭上了眼睛。调整好呼吸后,她睁开眼看着梶田。

梶田也深吸了一口气。"大约是在十点半左右,"他看着墙上的钟说道,"我和高柳老师外出回来,发现叶琉子和一个陌生男人倒在办公室里。"

"两个人?"

"是的。那个男人的额头还流着血,更是吓了我们一跳。"

也许是想起了血的颜色,高柳静子恶心地皱起了眉头。

"没过多久,叶琉子醒了,我便问了她具体情况,得知好像是她不在时,那个人溜进了办公室。其实在那之前,叶琉子一直和我们在一起在池袋与剧场经理见面。她比我们先回一步,恰巧与强盗撞了个满怀。她很惊恐,但对方恐怕也吓坏了,于是袭击了她。"

未绪很想咽口唾沫,但口干舌燥。

"她好像也记不太清后来的事,总之,她拼命挥起了身旁的花瓶。当她回过神时,那个男人已经倒在了地板上,一动不动。她便战战兢兢地推了推,才发现已经死了。惊吓之余,她也昏过去了。"

"昏过去……是这样啊。"未绪低着头,茫然地注视着自己的指尖。

"警察正在问其他详细情况。总之,她有些激动,无法冷静说明来龙去脉。"

那倒也是,未绪想。"另外……那个人已经没救了?"她问道。

"打到了致命处。"梶田答道。

"不过,"未绪舔了舔嘴唇,"应该不是叶琉子的错吧?如果遇到那种局面,任何人都会慌乱的。如果不抵抗,自己就有可能被杀。"

"这一点我们也知道。"这时,高柳静子第一次开口了,"正因如此,我们才认为是正当防卫,但不知警察会不会相信。"说完,她像是在忍耐头痛,用右手食指摁住了太阳穴。

"那叶琉子在哪儿?"

"现在应该在办公室。说是什么现场勘验,可能在向警察说明情况。"梶田一边观察站在门口的巡警一边答道。

勘验——多么生硬的字眼,听起来毫无现实感。未绪从未想过会与这种词发生关联。

"其他人也联系了吗?"

"与叶琉子的家人联系过,明天一早就会来。给总务处主管也打了电话,估计很快就到。此外还用其他手段通知了团里的一些主要成员,但没让他们来,因为只会添乱。"

"亚希子呢?"

"也联系过。她大吃一惊,非要来不可,怎么劝都不听。后来我跟她说，如果高柳芭蕾舞团的首席女演员出现在这种地方，一旦被记者发现，后果不堪设想，她才打消了念头。"

这才是稳妥的判断。未绪也点了点头。

正说着，总务处主管坂木来了。他像是慌忙从家里赶来的，本就不多的头发也没有来得及梳理。

"现在怎么样了？"坂木扶了扶金框圆眼镜，一边用白手绢擦着额上的汗珠，一边坐到梶田旁边。

梶田重复了一遍方才对未绪讲的内容。每听一句，坂木都皱一下眉。他挠了挠头，似乎想尽快整理好思绪。

"是这样啊。好，知道了。媒体那边我来想办法。着重强调正当防卫，博取社会的同情，这样对我们今后也有利。即便是警察，也很难采取刺激社会的行动。"

"那就拜托你了。"高柳静子以信赖的目光看着坂木。未绪也有同感。

"我会尽最大努力。另外，千万注意别让律师说漏了嘴。对，还有你。"

未绪闻言点了点头。

"得抓紧找一个律师。叶琉子真是个不走运的孩子。"坂木说着站了起来，匆忙走出房间。

"不走运的孩子……吗？的确。"目送坂木出去后，梶田自语道。

不走运的孩子。未绪也默默地回味这句话。

斋藤叶琉子与未绪从小就是好朋友。两人都是静冈人，两家也住得很近。未绪五岁开始学习芭蕾舞,最初去的是附近的斋藤芭蕾舞学校,是叶琉子的叔叔家开的。叶琉子也在那里学习。两人很快成了好朋友。周围也有其他学生,但不知何故,两人相互吸引。未绪想,可能是因为她们有很多共同点。两人都比较老实,并不引人注目,但论芭蕾舞水平,两人都出类拔萃。

由于年龄相同,两人上小学也是在同一年。她们总是一起上学,放学后又一起去芭蕾舞学校。初中毕业后,两人一同考上了东京的高中,这是为了进入高柳芭蕾舞学校。两人下定决心,以专业芭蕾舞演员为目标努力奋斗。上高中期间,两人成了正式团员。她们形影不离,同时又是竞争对手。

"什么时候能共演《天鹅湖》该多好,一个演白天鹅,另一个演黑天鹅。"未绪曾如此说道。两人同台演出——这是曾经不敢想象的梦,但如今已不再遥远。

叶琉子的"不走运"发生在半年前。

当时,叶琉子开车,未绪坐在副驾驶席上。那是一辆刚买的车,对叶琉子来说,正处在无比享受驾驶乐趣的时期。

那天下着小雨,路面湿滑,天色昏暗,视野也不大好。叶琉子还有点超速。多种因素交织下,叶琉子对于忽然出现的孩子没有做出及时的反应。当然,她并没有让孩子受伤。因为在刹那间,她将方向盘转向了一边。然而急转向和急刹车导致车体旋转,猛撞在路旁的电线杆上。

后来的事未绪已经记不清了。车祸或许引发了脑震荡。当未绪醒来时，发现自己已经在医院的病床上。护士告诉她事情的来龙去脉后，她急忙动了动四肢，见哪儿都没问题才放下心来。那一幕她还记得。

但叶琉子没能安然无恙。她右膝关节脱臼了。

"自食其果。"叶琉子抚摩着用石膏固定的腿，自嘲般地笑了笑，"不知不觉疏忽了。被高柳老师和妈妈狠狠批评了一顿。的确，舞者就不应该坐车。"

"但是受了轻伤，岂不是不幸中的万幸？"

"那倒是。还好未绪你没事。如果你也受到牵连不能跳舞，我就不知道该怎么办了。"

"这一点你就放心吧。"未绪莞尔一笑。

当天，未绪就出了院。

为了跳芭蕾舞而保持体形是一件极为困难的事。即便只休息一天，也会受到影响。对于不得不长期休养的叶琉子来说，恢复到原来的状态需要付出非同寻常的努力。一能下床，她就一边在总务处帮忙，一边开始练功，有时甚至第一个来，最后一个回去。这样过了好几个月，她的状态还是远远不及事故前。这也让未绪对空白期的可怕有了新认识。

"真想快点重返舞台，和未绪一起跳。"这是叶琉子最近的口头禅。

"我也是，希望你快点回来。"未绪答道。

如果不能被认定为正当防卫……

未绪回忆起今天白天与叶琉子说话时的情形。她们谈到了动漫电影、邦乔维乐队和伦敦。想到叶琉子有可能进监狱，未绪感到自己很难再这么坐下去。现在不是袖手旁观的时候，但她束手无策。

不知闷闷不乐地等待了多久，门终于开了，进来的是方才在办公室门口见过的中年男子。此人个子不高，肩却很宽，但看上去不胖，脸形细长，目光敏锐。

在他的身后又出现了一个人，正是将未绪领到这里的刑警。这位刑警还很年轻，看起来三十岁左右。轮廓鲜明的脸庞加上严厉的目光，给未绪以精悍的印象。

据自称太田的中年男子介绍，两个人都是警视厅搜查一科的。从太田向梶田等人致谢可以推测，他们之前已经了解过几次情况。

太田询问了这幢建筑的门窗管理和平常的使用规律等情况。高柳静子回答："上午十点到下午五点左右是芭蕾舞团的练功时间，五点到八点则是芭蕾舞学校的上课时间。今天是星期天，学校休息。总务处的工作时间是上午九点到下午五点。"

静子就住在这幢建筑的二楼。她基本一个人住。说"基本"，是因为她的女儿高柳亚希子偶尔也会住在这里。她们之所以没有一起生活，好像是为了防止将个人感情混入经营者和舞者的关系中。

从这些情况可知，门窗的管理大体上由静子负责。

"今天也练习到五点了吗？"太田问道。

"听说延长了一会儿,到六点左右。"静子回答。

"团员们都回去后,关门窗的还是您吗?"

"不,我和梶田有事,五点左右就出去了,关门窗的事交给了斋藤。我们和斋藤约好八点在池袋见面,最后离开这里的应该是她。"

"有这里钥匙的都有谁?"

"只有我和女儿亚希子。"

"那斋藤是怎么锁门的?"

"我把钥匙给了她。她从池袋先走一步时,我也是这么做的。"

听了这些话,太田又转向未绪。"浅冈未绪小姐,是吧?"他询问了未绪与叶琉子的关系。

未绪将她们俩从小至今的经历尽可能简单地做了说明。太田用事务性的语气应答着,旁边的年轻刑警却一脸严肃,时不时点点头。

"那你们有十几年的交情?"太田钦佩地点了点头,"浅冈小姐,"他再次看向未绪,"在你看来,斋藤小姐究竟是个怎样的人?比如是不是性格急躁或是容易兴奋等等。"

"叶琉子绝不是性格急躁的人。"未绪断然道,"她无论何时都很冷静。从未发过火,非常镇定。"说到这里,未绪忽然觉得这些话或许会对叶琉子不利,于是补充道,"但如果忽然出现小偷,我想她也会慌乱的。"

也许是感到未绪的掩饰有些滑稽,太田嘴角露出一丝苦笑。

年轻刑警的眼神却一直很认真。

"这样啊。对了,你是否见过这张照片上的人?"太田拿出一张快照照片,上面是一个闭着眼睛的男人的脸。想到此人已死,未绪有点害怕,但照片上的样子倒像是在睡觉。

男人留着胡须,显得有些老成,但在未绪看来,他应该还不到三十岁。或许是闪光灯的关系,男人脸色苍白,但并没有病态的感觉。

"没见过。"她答道。

"哦,我想也是。"太田似乎话中有话。他说完便将照片放进西服内兜。

未绪见状问道:"那个,接下来会怎样?"

"怎样?你是指什么?"

"叶琉子会怎么样?会被逮捕吗?"

太田似乎略有踌躇,立刻将目光移开,点点头道:"不管怎么说,既然杀了人,就得先逮捕。"

"那……是杀人犯?"未绪声音颤抖。

"是的,可以这么说。"

"等等。"梶田插话道,"我想你们应该已经听斋藤说了,是那个人先袭击的,因此理应是正当防卫。"

"这个嘛,只能说这种可能性比较大。"

"可能性比较大……你是说她或许在撒谎?"

"不,我也很想相信她,但无论什么事都需要确凿的证据。如果有确凿的证据，就没问题。"

确凿的证据是指什么？未绪很想问太田，但发现他正在看记事本，于是未绪将目光移向旁边的年轻刑警。两人四目相对。刑警凝视着未绪，默默点了点头。未绪感到他仿佛是在说"别担心"，不知为何，这让未绪有种得救的感觉。

又问了一些问题后，所谓的了解情况终于结束了。

"我想将来还会有问题麻烦大家，届时请多关照。今天就到这里，我们也该走了。"

看到太田二人起身，未绪开口道："那个……"两名刑警将目光转向了她。"我想见叶琉子。"她说道。

两名刑警都露出意外的表情。太田挠了挠头，说道："不好意思，今天是不可能了。人已经带到了警察局。"

"那什么时候能见？"

太田为难地捶了捶脖子。"很难说具体时间，得看今后的进展情况。"

"是吗……"未绪自语道。

太田很快消失在走廊中。年轻刑警也跟在后面，但在出口处回过了头。"很快就会回来的，一定。"说完，他行了个礼，走出房间。

未绪坐回沙发后，梶田康成说："正像他说的，"他点上烟，"这不可能不是正当防卫。很快就会弄清楚的，不必担心。"或许也是为了说服自己，他连连点头。

侦查员们已陆续离开，未绪等人也决定回去。梶田住在附近，可以步行，未绪却必须乘电车。经梶田交涉，决定由警察送她回去。

走出玄关等待时，那个年轻刑警走了过来。像是由他来送。得知要与警察一起回去时，未绪觉得有些拘束，心生郁闷，但一看是他，不由得放下心来。

未绪跟在年轻刑警后面，看到他走向路旁一辆棱角分明的藏蓝色车，打开副驾驶席一侧的车门，说了声"请"。

"坐这辆吗？"

"是的，怎么了？"

"没什么……"

未绪默默地上了车。听说是由警察来送，她本以为一定会坐警车。坐上副驾驶席后，她环视车内，好像并没有什么特别之处。

年轻刑警坐进驾驶席，发动了引擎。

未绪不开车，全然不知道路况。她希望对方把她送到公寓附近的车站。富士见台站是最近的站。

"跳芭蕾舞快乐吗？"等红灯时，年轻刑警问道。

"嗯，很快乐。"未绪回答，"芭蕾就是我的人生。"

"真羡慕。"年轻刑警说着继续开车，"真羡慕你能够如此断言。这本身就是一笔财富。"

未绪看着他的脸颊，然后将视线移向前挡风玻璃。前方是狭窄幽暗的道路。他的驾驶技术很好，坐在车上很舒适。

"有个叫正当防卫的特别法则。"年轻刑警忽然说道。

未绪看向他，反问道："什么？"

"是有关盗窃等犯罪的防止及处理的法律，简称盗窃等犯罪防止法，其中有一条就是有关正当防卫的特别法则。"

"哦。"

"通俗地讲，就是如果因恐惧、惊吓或兴奋而杀死以盗窃为目的的侵入者，是不构成犯罪的。"

"叶琉子的情况也符合这个条件吧？"未绪的声音不由得充满了力量。

"符合。"刑警停顿片刻后说道，"但前提是能够证明她所说的是事实。"

"叶琉子绝不会说谎。"

"应该没撒谎。但现在没有任何证据。如果不能证明，就不能采纳她的供述。警方现在有这种倾向。"

"怎么会……"

"因此，我们目前的首要任务是弄清死者为何出现在芭蕾舞团的办公室。如果能够判明他是来盗窃的，那就不用起诉，你的朋友也会立刻被释放。问题是目前无法判断死者的目的是不是盗窃。"

"如果弄不清就无法释放吗？"

"不，要根据死者的目的。如果能够证明那名男子潜入后袭击她这一点属实……"

"正当防卫就成立了。"

"是的，一般情况下是这样。"

"一般情况？"未绪问道。刑警一直注视前方，没有回答。

快到富士见台站时，未绪也渐渐知道该怎么走了，便做出"先向右""再向左"一类的指示。每当这时，刑警就会简单地说声"好的"，同时转动方向盘。

刑警在公寓旁停下车。他想送未绪到房间，但未绪婉拒了。他以为未绪是怕被人看见不方便解释，就没有坚持。其实未绪并没有顾虑邻居的目光，只是不习惯被人送到住处而已。

"辛苦了。"未绪下车时，他说道。

道谢后，未绪看着他说："那个……不知怎么称呼？"

"啊，"他的表情终于有所放松，微微露齿一笑，"我姓加贺，加贺百万石[1]的加贺。"

"加贺先生。"

在脑海中写下这两个字后，未绪又一次鞠躬致谢。

2

加贺回到位于荻洼的公寓时，已过凌晨两点。送完浅冈未绪，他直接回到了这里。

公寓是一栋预制装配式的二层建筑，上下各住着四户人家。

---

[1] 江户时代，加贺藩主的俸禄为一百万石，"加贺百万石"一词常用来代替加贺藩。

沿室外楼梯来到二楼，第一间就是他的住处。今天他稍早曾回来过一次，正打算松口气好好休息时，电话铃就响了。

加贺打开门，按下电灯开关，单调无趣的一居室映入眼帘。房间里没有多少家具和日用品，整理得井井有条，因此更觉冰冷。

他捡起散落在玄关的晚报和信件夹在腋下，直接来到浴室，打开热水器开关。浴缸一般两天清洗一次，今天不必清洗。

他解开领带，在榻榻米上盘腿坐下，将晚报放在一边，先看了看信件。一封是房地产公司的广告，一封是大学剑道部寄来的联谊会通知，还有一封是航空信。

广告立即被扔进了垃圾桶。看了航空信的信封，加贺有些惊讶。工整的字迹似曾相识。他又看了看用拉丁字母写的寄信人名字，果然如他所料，是大学时代的女友。

信封里有两张蓝色便笺。信以"敬启者"开头，写道她因工作关系去了澳大利亚，除此之外没有任何内容。她每年来一两次信，总是这么简单。信的结尾也基本一样："不管有什么情况，请一定保重身体。"她的名字与正文相隔一行，最后则以略显局促的字写着"加贺恭一郎亲启"。

加贺将联谊会的通知和航空信一起放进抽屉。这两封对他来说都是来自过去的信件。

放好信件，他打开下一层抽屉，取出笔记本翻到新的一页，用圆珠笔写道：

四月十日星期日，位于练马区东大泉的高柳芭蕾舞团办公室内发生杀人案。自己开车到现场。二十三点二十五分到达现场。被害者身份不明。犯罪嫌疑人为该芭蕾舞团团员兼事务员斋藤叶琉子（二十二岁）。

想着叶琉子清澈的眼神，加贺回忆起今天发生的案件。

太田在加贺所属的小组中属于老资格成员。当加贺赶到现场时，这位资深刑警已经到了。

接到消息得知是杀人案时，加贺并没有过多沉重感。因为凶手已经锁定，只要弄清是不是正当防卫即可。太田和加贺作为警视厅搜查一科的支援力量被派遣而来，但并未设立搜查本部。

"如果能这么简单就再好不过了。"太田一边整理没怎么梳过的头发一边自言自语。这位资深刑警的特点就是永远都很慎重。

案发现场是办公室。进入玄关后，沿走廊向前走，右侧便是办公室入口。在十叠①大小的房间中央，六张钢桌摆成两列排放着。入口对面是铝合金窗户。

一个男人倒在窗户和门的正中间。他头朝门，呈俯卧状态，身体恰好形成一个"大"字。

这天晚上请的是东都大学法医学研究室的安藤副教授，现场

---

① 日本计量房屋面积大小的单位，1叠约为1.62平方米。

调查结果重点参考了他的意见。

死者身高一米七五，不胖不瘦，头部一侧有凹陷。叶琉子用的是青铜花瓶，瓶口直径约两厘米，底部直径约有八厘米。与伤口相对照，瓶底的形状十分吻合，可以确定它就是凶器。

"击打次数为一次。"

对于副教授的判断，正在做记录的侦查员们表示赞同。如果是两次以上，则有可能被认为是防卫过当。

死者穿深灰色夹克、黑裤子和茶色皮鞋，鞋底是功能性橡胶底。经清点，随身物品有裤子左侧口袋里的方格手绢和右侧口袋里装零钱用的钱包，没有能够确认身份的物品。

有关死者潜入的路径，办公室的一扇窗户开着，窗框凹陷处粘有泥土。至于他是怎样打开窗户的，目前还无法弄清。

另外，窗下松软的地面上还有一些脚印，和死者的鞋底一致。循着脚印走，可以推测，死者是从玄关前经建筑侧面来到办公室旁的。

死者潜入室内后的行动不详，没有翻找抽屉、橱柜等处的痕迹。

侦查员们了解完大致情况后，叫来正在别的房间等待的斋藤叶琉子，再一次询问当时的情形。

看到被带进房间的叶琉子，加贺认为她的确很漂亮，估计在场的所有侦查员都有同感。她的皮肤如陶瓷般光滑，眉清目秀，每当眨眼时，浓密的睫毛便微微颤动。或许是由于不安和紧张，她的脸色病态般苍白，紧闭的嘴唇也缺乏红润。这和她的披肩长发形成了鲜明的对比。加贺不由得联想起水墨画中的美人。

"请再重复一遍。"带她过来的辖区警察局的侦查员说道。

叶琉子将手绢放到嘴边,闭上眼睛,慢慢地做了个深呼吸。

"今晚,我陪静子老师和梶田老师在池袋的咖啡馆与中央剧场的经理会面,但不到十点时,他们让我先回来。"

"为什么?"太田问道。

"有些文件需要在明天之前备齐,他们为此才让我先回来的。"

"文件?"

"有一部分团员是高中生,带着这些孩子到各地公演,需要向学校请假。如果团里能提供文件,证明这是课外学习,就不算缺席。明天前必须整理好。"

叶琉子的声音悦耳且成熟。加贺想:她不仅逻辑清晰、毫无破绽,而且非常沉着。

"哦,然后呢?"辖区警察局的搜查主任小林警部补率先问道。小林是位风度翩翩的中年绅士。

"我马上坐电车赶回来了。到达时间大约在十点十五分到二十分之间。我是开了玄关门进来的。钥匙是高柳老师给我的。"叶琉子说道,"打开办公室的灯后,我马上觉得有点异常。桌子和架子似乎与平时有微妙的不同。"

她胆怯地向前走,走到窗边时,一个男人忽然从桌后出现。由于袭击过于突然,她吓得几乎失声。男人拿起桌上的剪刀刺向她。

"好不容易躲过袭击后,我顺手拿起身边的花瓶朝他胡乱挥舞。"

"当时是否有打中的感觉？"小林问道。

她慢慢地摇了摇头。"记不清了。睁开眼时，那人已经倒下了。我担心地看了他一眼，头好像破了……之后就记不清了。我好像失去了知觉。"说完，她握紧手绢，再次闭上了眼睛。

"那人从哪儿拿的剪刀？"太田问道。

"好像是从他躲藏的桌子上。"

"你拿的花瓶呢？"

"就在这上面。"她指了指橱柜。

侦查员们按她的供述模拟了一遍，并无不自然之处，花瓶也确实放在瞬间就能够抓起的位置。

"就是一起盗窃案吧？"叶琉子出去后，一名年龄比加贺稍大的刑警说道。

"不，不是吧。"太田提出了异议，"很难想象有人为偷钱而潜入芭蕾舞团的办公室。另外，死者的衣服虽是休闲服，但并不廉价，怎么看也不像为点小钱铤而走险的人。"

"那究竟是为何潜入的呢？"搜查主任问道。

"是啊，"太田摇了摇头，"究竟是为了什么呢？"

"不管怎么说，首先应当明确男人的身份，然后从明早起到周边取证调查。"小林总结道。

随后，加贺和太田一起向在另一房间等待的有关人员询问了情况。一个名叫浅冈未绪的女子令加贺颇感兴趣。未绪是斋藤叶琉子的挚友，虽不是叶琉子那样的美人，模样也很可爱。她们同龄，但未绪看起来比叶琉子年轻两三岁。唯恐挚友会被兴师问罪，未绪以一种乞求般的眼神望着加贺等人。

大约三个月前，加贺禁不住上司的劝说，被安排与相亲对象一起看了一场芭蕾舞。那正是高柳芭蕾舞团的《天鹅湖》。第一幕时，好奇心和舞台上的华丽色彩交织在一起，加贺看得津津有味。但到了第二幕，蔚蓝的色调中流淌的始终是静寂哀怨的曲子，加贺终于忍不住打起了瞌睡。幕间休息时，相亲对象显得很不高兴。加贺内心苦笑，看来自己的睡相相当丢人。但如果亲事因此告吹就再好不过了，反正他对这次相亲不抱兴趣。

他想，估计第三幕时还得睡觉，但整个舞台的气氛变了。之前一直都是身着白衣的白天鹅在跳，这次却出现了黑衣舞者。从故事的情节来看，好像是为了抢夺白天鹅的恋人而出现的反派角色。反派黑天鹅与王子在舞台上不停地跳，连续旋转几十次的动作是精彩场面之一，会场响起了热烈的掌声，加贺也不由得鼓起了掌，觉得太了不起了。跳到这种程度都不眩晕，实在不容易。

据说，高柳芭蕾舞团的首席女演员是演白天鹅的高柳亚希子，但加贺对演黑天鹅的舞者更感兴趣，她有一种让他动心的气质。

她就是浅冈未绪。

加贺想，若能帮她一把该多好。

"从明天开始。"他边解领带边喃喃自语。

3

未绪度过了一个难眠的夜晚。早上，她看了看镜子中的脸，皮肤干燥，两眼通红，嘴唇毫无血色，似乎在一夜之间苍老了十多岁。不过，叶琉子昨晚肯定更难熬。未绪实在无法想象，被警察带走的叶琉子会睡在什么样的地方。"拘留所"一词给人一种阴冷、窒息的感觉。

未绪和叶琉子一直合租一套两居室。走出自己的房间后，她看了一眼叶琉子的房间。床铺整理得干干净净，和昨天一样。

"真叫人难受。"未绪看着叶琉子的床小声嘟囔道。

未绪没有食欲，只喝了一杯橙汁，就开始做出门的准备。她翻了翻早报，还没有有关昨晚案件的报道，于是她打开电视。在政界新闻后，有一则关于此案的简短报道："石神井警察局将在未来几天内详细调查死者身份……"

未绪关上电视，摇了摇头。没关系，叶琉子不可能受到处罚。那位姓加贺的刑警也说过，一般情况下不会有事。

"一般情况下……"这句话再次牵动了未绪的心。

准备完毕，未绪正要出门时门铃响了。从门镜往外看，太田和加贺站在门前。未绪打开门。

两名刑警要求看叶琉子的房间。未绪无法拒绝，将两人领了进去,并问需要她做什么。太田说道:"请留在这里,正好我们也有事想问你。"

进入叶琉子的房间后,他们仔细查看了橱柜和梳妆台的抽屉,最感兴趣的是抓拍的照片之类的东西。

"是不是怀疑死者可能是叶琉子认识的人?"

未绪站在房间门口,俯视着他们问道。

"我们的工作就是不放过任何一种可能性。"太田回答。

"也就是说,叶琉子可能是故意杀人……"未绪正说着,蹲着检查相册的加贺站了起来。"有没有地址簿?"

"有通讯录,就在电话旁。"

加贺立即环视客厅,看到电话后大步走过去,拿起旁边的通讯录,哗啦哗啦地翻了一遍。"请把这个借给我,今天一定还回来。"

"即使调查这些东西也没用。我不是说过吗,我并不认识那样的人。既然我不认识,叶琉子也不可能认识。"未绪走近加贺,抬头看着他说道。她感到很不甘心,差点流下眼泪。

加贺凝视着她。"我也希望是这样。"他静静地说,"但单靠相信解决不了问题。为了证明正当防卫成立,必须考虑所有的疑点,再依次排除。请谅解。"说完,他将手放到未绪的肩膀上,点了点头。

太田和加贺几乎彻查了叶琉子的全部物品:书、杂志、录像带、高中毕业相册、菜谱、信件和贺年卡等。未绪也让他们检查了自己的房间。最后,他们终于认定房间里没有任何与死者有关的物品。

但他们发现了几张另一个男人的照片，其中既有单人照，也有与叶琉子的合影。在与芭蕾舞团成员的合照中，也有那个人的身影。

"这个人是谁？"太田问道。

"是我们团的舞者。"未绪说出了那人的名字。

"他与斋藤小姐是什么关系？"加贺问道。

未绪摇了摇头。

"你没听说过什么吗？"

"从叶琉子那儿没听说过有关他的事，不过不难想象。"

加贺点了点头，将这张照片也放进包里。

未绪从两名刑警那里解脱出来，到达芭蕾舞团时，已经快到中午了。周围仍有警察的身影，入口处也有几个看热闹的人。未绪想进去的时候，这几个人目不转睛地看着她。

办公室仍然是闲人免进的状态。经过办公室后，未绪看向排练厅，柳生讲介走近她并举手示意。未绪也举手回应。警察们搜查叶琉子的房间时，未绪抽空打了电话，说她会晚到一会儿。

在更衣室换好衣服后，未绪走进排练厅。正做热身运动时，柳生走了过来。他的额头上布满汗珠，面色红润，但表情生硬这一点与平时不大一样。

"今天早晨我去了一趟石神井警察局。"他说。

"去警察局？"

"想见一下叶琉子。我在接待处说自己是她芭蕾舞团的同事。"

"怎么样？"

"有一个傲慢的警官出来，絮絮叨叨说个没完。也不知他想说什么，反正我没听懂，总之就是现在还不行。"

"哦。"未绪想，目前警方是将叶琉子作为杀人案的嫌疑人予以逮捕的。在这种情况下，我们即便去了警察局，也不可能那么轻易地见到叶琉子。

"当然，我也不是没想到这种可能性。"重新系好围在头上的方巾，柳生问道，"昨天吓坏了吧？"

"吓坏了。"未绪坦率地答道。

"我也想立即赶来现场，但梶田老师不让。"

"不来就对了。反正见不到叶琉子。"未绪一边做拉伸动作一边回答道。

"来了也只能干着急啊。后来怎么样了？警察会认定是正当防卫吗？"

"不知道，如果不能认定就难办了。"

柳生挠了挠包着头巾的头，右拳击向左手掌。"急死人了。也不知道有没有我们能做的事。"

"今天早晨警察来，把你的照片拿走了。"

"警察拿走了我的照片？"他用拇指指了指自己，然后慢慢地点了点头，"哦，那估计也会来找我。到时也许能够得到什么消息。"

他正喃喃自语，传来了梶田的声音："柳生，到你了。"

27

高柳芭蕾舞团正面临着一周后的公演。演出剧目是柴可夫斯基作曲的《睡美人》。这是高柳芭蕾舞团第一次将该剧目搬上舞台，因此连日来正在紧张地排练。

这部作品是根据夏尔·佩罗的童话改编的。奥罗拉公主因妖婆卡拉波斯的诅咒而倒下，借助紫丁香仙女的魔法沉睡百年后，一位王子以亲吻将她唤醒。剧中有仙女们为了庆祝奥罗拉公主的生日跳的群舞、十六岁生日时奥罗拉公主的独舞、奥罗拉公主与德吉雷王子的婚礼等不少绚烂豪华的场面。尤其在第三幕，佩罗童话中很受欢迎的小红帽、狼、穿靴子的猫、奥尔努瓦夫人童话中的蓝鸟和弗洛丽娜公主都会登场，更是将精彩场面推向高潮。

未绪演的是第一幕六位仙女中的一个和第三幕的弗洛丽娜公主。

芭蕾舞团当然想让这场公演获得成功，未绪也希望能扮演好自己的角色。对于现在的她而言，在某种意义上，这次公演就是一切。

在梶田的指导下，舞蹈演员们翩翩起舞。没有一个人因为是别人的角色而漠不关心，全体成员都将热切的目光集中在每一个人的舞姿上。虽是在有团员被捕的第二天，这种情况也没有丝毫改变。

到了几个人跳华尔兹的场面。梶田目光敏锐地注视着每一个人的动作，不时发出严厉的斥责声。

在跳舞的人中有森井靖子的身影。梶田默默地注视了几秒靖子的舞姿后，纠正了一旁年轻舞者的落脚位置。靖子没有得到指点。

森井靖子比未绪她们高三届，但她低调得让人感觉不到这一点。她对谁都很谦虚，舞技也相当高超。对未绪她们来说，她确实有许多值得学习的地方。但她有一个致命的缺点——会忽然犯些意想不到的错误。舞者可以分为平时练习时跳得极好，但正式演出时往往发挥失常的类型，和平时跳得不怎么样，演出时却能超常发挥的类型。森井靖子属于典型的前者。

但靖子对芭蕾舞的热情是任何人都无法相比的。以前她的身材比较丰满，现在却瘦骨嶙峋。她本人一直否认，但据说为了跳舞，她经历过地狱般的减肥过程。

"未绪，你来了啊。昨晚真对不住。"跳完舞，靖子来到未绪身旁道歉。

"怎么了？"

"昨晚我没能来。发生了那么大的事，却让你一个人面对……其实我也很担心，但老师不让我来。"

"没关系，我也没做什么。"未绪摆了摆手。

"是吗？听你这么说，我心里也好受些了。"从靖子的表情可以判断，她略带歉意，"下次要有什么事，一定告诉我，我会马上赶到的。"

"好。"未绪答道。

靖子似乎还想说什么，但她看向远处时，忽然一动不动。未绪也顺着她的视线看过去，只见高柳亚希子走到了排练厅的中央。

29

不仅仅是靖子,其他团员也都注视着她。她扮演的正是奥罗拉公主。

亚希子摆好姿势。在录音带中的曲子响起前有一瞬间的空白,未绪凝神屏息,感到亚希子确实不同凡响。优美的容姿和不同于一般日本人的体形确实是亚希子最大的资本,除此之外,她还有种说不出的魅力。

曲子响起,她翩翩起舞,动作准确而优雅。延伸至指尖的细腻表现力令人目不转睛,举手投足间充满活力,使人折服。

无论如何也无法超越她,永远。不知确认了几遍。每天都是这样。

未绪曾经问过亚希子表现力的源泉是什么,当时她没有使用"源泉"这类夸张的措辞,但询问的主旨就是如此。

"什么也没有。"思索片刻后,亚希子答道。她的口吻中带有少见的生硬。

"什么都没有?"未绪吃惊地追问。

"是的,什么都没有。其实我心里并没有什么坚定的信念。一直都是空空的。"

"但我一直觉得你的舞姿很动人。"

"谢谢。"她说道,但显得一点都不高兴,"至今为止确实比较顺利,但今后可就不好说了。"

"为什么?"

"因为一直是空空的。"她说道,"也许哪一天会忽然失去表现力,现在马上就失去也不稀奇。不……"她摇摇头,声音十分低沉,

"或许已经变成那样了。我自以为表现出了很多东西,也许只是停留在表面。"在露出一副钻牛角尖的表情思索片刻后,亚希子忽然望着未绪笑了笑,"你期待的不是这样的回答吧?我应该说点更有用的话。"

"不,已经很有用了。"未绪也含笑答道。

亚希子堪称世界级的舞者,有几件事可以充分说明这一点。一是在国际芭蕾舞大赛中获过奖,一是曾数次应国际著名舞者之邀合作演出。

不过,最让未绪敬佩的是亚希子对芭蕾舞的执着,她练功密度最高,时间最长,目标比任何人都远大。如果说能坚持努力也是一种才能,那么在这一点上,亚希子绝对是天才。

但亚希子极为讨厌"敬佩"一词。她说自己并不是这类人。

"可我还是觉得你值得敬佩,比如为了芭蕾舞可以牺牲一切。"一次提到这个话题,未绪轻松地说道。她平时就是这样想的,因此不假思索就说了出来。

"为什么?"亚希子的表情严肃起来,"为什么是这种理由?"

未绪有点慌了。好像说错了什么,但她也不知道到底错在哪儿。

"正如你所说,我牺牲了很多很多。"亚希子的声音有点沙哑,"但为什么这一点值得敬佩呢?牺牲多少有什么关系?假设有人和我体形一样,同样热衷跳舞,而且没有牺牲什么,那种人岂不是更伟大?"

"我不是这个意思。"未绪试图整理混乱的思绪,"我敬佩的是那种为了芭蕾舞不惜牺牲一切的态度。"

看着未绪，亚希子露出了落寞而无奈的笑容。"牺牲什么的，其实没那么伟大，无非就是舍弃、放弃，然后全心倾注于芭蕾。"

未绪默默地低下了头。

亚希子将手搭在她的肩膀上。"但我理解你的好意，谢谢。"

"反正我很敬佩。"未绪说道。

"你还没完了。"亚希子明朗地笑了。

"不是那样。"梶田拍了拍手，未绪回过神来。亚希子停下舞步，曲子也暂停了。

"不是那样的，别让我说好几遍。"

他纠正了手脚的动作。芭蕾舞从来就没有什么"可以"或"差不多"，这是一条永无止境的道路。

4

走出斋藤叶琉子和浅冈未绪合住的公寓后，加贺和太田来到案发现场附近，开始对芭蕾舞团周边进行调查。他们要调查是否有人目击过死者，还有案发时是否有人看到或听到了什么等。

结果，他们发现死者在昨天傍晚去过一家咖啡店。那家店距芭蕾舞团约二十米，服务员记得死者的容貌和装束。

"他的胡子让我印象深刻，而且气质与一般人不大一样。"娃娃脸上化着浓妆的女服务员一边寻找长发中的分叉部分一边说。

"气质不同是指……"加贺问道。

"怎么说呢,他很讲究,但又不是那种一味迎合时尚潮流的类型,像是摄影师或自由撰稿人一类的自由职业者。"

"你还记得他来店的时间吗?"太田问道。

女服务员嗤笑道:"谁能记住具体时间。大概是傍晚,好像待了一小时左右。"

"他具体做了些什么?"加贺又问道。

"好像是边喝咖啡边看窗外,我也不太清楚。"

"坐在哪个位置?"

"那里。"服务员指的是窗边的一张双人桌。加贺坐过去,发现那个位置很方便监视高柳芭蕾舞团的门。

"死者是不是在等着潜入的机会?"走出咖啡店后,加贺试探着说。

"这种可能性很大。但我比较在意的是,死者离开咖啡店的时间和潜入芭蕾舞团的时间间隔很长。这家伙在那期间又在哪里干什么呢?"

女服务员虽然没有记住准确时间,但她声称,死者离店的时间最晚不超过七点。

两人继续调查,但没再有什么收获。

傍晚,待芭蕾舞团练习结束后,加贺和太田在会议室与柳生讲介见了面。柳生容貌端正,虽已成年,但脸上依旧保留着美少年的俊美,这与他肌肉隆起的身材不太协调,令加贺感到有点怪异。

被太田问到与叶琉子的关系,柳生回答得很干脆。"我喜欢她,而且觉得她也不讨厌我。"他以一种富有挑战性的眼神看着警察,似乎不怕与他们对视。

"那是否可以理解为恋人关系?"

听到加贺的问题后,柳生耸了耸肩。"这么说也无妨,但如果她不这么认为,那也没办法。"

"你有没有考虑过结婚?"加贺继续问道。

"还没考虑过。芭蕾舞演员若想结婚,会面临很多问题,比如孩子的事,而且也不能像现在这样光靠打工生活。"

接着,柳生滔滔不绝地谈起一般人对芭蕾舞演员的看法。有人认为芭蕾舞是有钱人的消遣,在他看来,这种想法毫无根据。

"但还是会想结婚吧?"太田问道。

"是啊。可她要是不答应就没办法了。"

"那倒是。"加贺露出洁白的牙齿一笑,随即问道,"昨晚你在哪里?"

柳生的眼神马上变得很严肃。"为什么问这个?"

"只是确认一下。我们要综合所有的信息,好弄清昨晚这里到底发生了什么。"

柳生好像对加贺的回答有所不满,但还是不情愿地说出了昨晚的行踪。练习结束后,他与同伴吃饭,又在车站附近的酒吧喝了点酒,随后回到住所。走出酒吧的时间是十点半左右,回到家是十一点左右。

"同伴是……"

"绀野健彦，我们团的首席舞者。"

加贺记下了这个名字。

"是否认识照片上的人？"太田将死者的照片放到柳生面前。

也许是有点害怕，柳生双唇有些扭曲，但他很快表示没见过。

"请不要局限在芭蕾舞的相关范围内。你在斋藤周围是否见过相貌相似的人？"

"没有。如果是我和叶琉子认识的人，是不会偷偷摸摸进来的。"说到最后，柳生的语气中已充满愤怒。

离开芭蕾舞团后，加贺他们决定回石神井警察局。对其他团员的调查由别的侦查员来负责。

到刑事科一看，死者的身份仍未查明。已比对过指纹，但与过去任何案犯的指纹都不一致。离家出走人员名单中也没有与他相符的人。这起案件无论在报纸还是电视上均有大量报道，但死者的亲人仍未出现。

"从死者的着装上看，不像是流窜盗窃犯，肯定是个与芭蕾舞团有某种关联的人。"搜查主任小林声音含糊地嘟囔道。

"今天讯问过斋藤叶琉子没有？"太田问道。

小林闻言挠着头点了点头。"与昨天的供述完全一样。她并不否定杀人一事，但想从她那儿得到新的信息恐怕不太可能。"

"死者到底是谁，这是关键。"

"正是如此。"小林摸了摸胡子拉碴的下巴。如果不知道被害者的身份，就无法判断叶琉子供述的真假，更不能决定该如何处置她，当然也不可能释放。

这天晚上，鉴定科汇报了脚印的鉴定结果。鞋的形状与脚印完全吻合，步幅基本符合死者的身高。从鞋底的磨损程度推测出的行走姿势也与脚印相对应。因此，从科学的角度来看，窗下的脚印应该就是死者的。

"这么说，死者从窗户潜入房间是不可否定的事实。但究竟为了什么？芭蕾舞团的办公室也没什么值得偷的。"小林低声自语。

决定从次日开始着重调查死者的夹克和长裤后，众人解散了。但加贺还有工作：确认柳生讲介的不在场证明。

在大泉学园站下车后，加贺从南侧出站。但他并没有在地图上找到那家符合描述的店面。在附近左找右找，他才发现一栋旧楼的地下有一个像仓库入口的门，好像就是要找的店。防火门一样的门上画着一只小小的蜘蛛，蜘蛛腹部用更小的字写着"NET BAR"。

加贺心想，这里肯定是一群形迹可疑的家伙聚会的地方，但开门一看，出乎他的意料，里面清爽整洁。除了黑亮光滑的吧台外，还有两张桌子。吧台里站着一个留胡子的老板，正在用菜刀切着什么。两个客人坐在同一张桌旁，都是上班族模样的年轻男人。

加贺坐到老板面前，点了一杯加冰波本威士忌。

仔细一看，老板岁数不小，如果在公司上班，恐怕都快退休了，胡子和大背头中都夹杂着不少白发。

他切的是黄瓜。"真想蘸着沙拉酱吃啊。"加贺喃喃道。老板闻言,将黄瓜放在小碟子上,和沙拉酱一起递了出来。

"你认识一个姓柳生的人吗?"加贺一边用牙签叉起黄瓜一边问道。

"跳舞的那个柳生?"老板问道。

"对,他常来这儿?"

"嗯,芭蕾舞团的人常来。"

"芭蕾舞团?是指高柳芭蕾舞团的人?"

"是啊。"

柳生确实提到他和同伴来过这里。

加贺问起昨天他们来时的情况。老板的证言和柳生的供述基本一致,他们在这里一直待到十点半左右。

有侦查员怀疑叶琉子在包庇真凶,因为如果真凶是男人,那么由女人站出来自称正当防卫显然更容易让两人双双脱罪,即凶手和叶琉子有共谋的可能性。

但不管怎样,柳生的嫌疑可以排除。如果在这里待到十点半,案发时不可能出现在现场。

"你是警察吧?"加贺正在思考,老板问道。从语气上判断,老板并不是因为有戒心,而只是想猜猜对方的职业。

"是啊。"加贺说,"与昨天的案子有关。"

老板点了点头。"我也是这么想的。"他嘟囔了一句,"那个女孩没受伤可是不幸中的万幸。只要没受伤,就可以继续跳。"

"是吗?"

"是啊。那些孩子最珍视自己的身体,最怕不能跳舞。毕竟,舞蹈演员一旦不能跳舞,就没有活下去的意义了。"

"哦,这样啊。"加贺边喝威士忌边想,在这种意义上,斋藤叶琉子的行动就很容易理解了。看到对方拿着凶器,她可能下意识地想到无论如何也不能受伤。她曾因交通事故腿部受过伤,因此对受伤的恐惧比谁都强烈。

当然,这种想法是建立在她所说属实的前提下的。

两个上班族离开后,只剩下加贺一个客人。他环视店内,发现角落里放着一个令人怀念的东西。在木质台座上放着桌式足球,通过操纵露在游戏盘外的操纵杆移动盘上的球员,可以像实际踢球一样射门。

加贺拿着酒杯,走近游戏盘开始操作。他将操纵杆横向滑动,球员便随之移动。一旋转操纵杆,球员就回转。利用这一回转便能射门。游戏盘似乎有些年头,但由于保护得好,操纵杆转动起来比较顺手。而且两队各有十一名球员,和真的比赛一样。盘上有个小球,加贺试着轻轻传球,但路线总不如愿。

"手法不错啊。"老板笑着说道。

"以前经常玩,但现在不行了。明明对方的球员没动,我却射不进去。"

"这需要技巧。"老板说道。

这时门开了,传来一群男女的说话声。加贺循声望去。进来的是柳生讲介等人,其中有浅冈未绪的身影。

柳生第一个发现了加贺,随即绷起脸瞪着他。"原来如此,这样啊。"柳生说道,"是在调查不在场证明的真实性。"

除了柳生和未绪,还有一男一女。加贺想,肯定是高柳亚希子和绀野健彦。亚希子大眼睛、双眼皮,唇形也很漂亮,不愧是芭蕾舞团首席女演员,艳丽娇美,与有些阴沉的绀野形成了鲜明的对比。

四人坐到离加贺较远的桌旁。

"你们一直在练习吗?"加贺问道。

谁也没有马上回答。但很快,绀野像代表一样开口道:"练习结束后我们去吃了饭。"

"那就是和昨天一样。"

"可以这么说吧,对我和柳生而言。"

加贺点了点头,交替看着未绪和亚希子。"二位昨天练习结束后去了哪儿?"

"我立刻回公寓了。"亚希子回答。未绪说自己也是。

"最好有证据。"

"证据……"亚希子似乎很困惑,把手放到脸颊上,陷入沉思。

"不,没关系。我只是问问而已。"

加贺说着将目光移到球台上,他不愿让想来此尽情喝酒的人过于扫兴。

继续练习传球时,加贺觉得球台对面站了一个人,抬头一看,浅冈未绪正在摆弄操纵杆。

"请说实话。"她说道,"警察到底想怎么处理昨天的事?是将叶琉子作为杀人犯送进监狱,还是在证明她是正当防卫后予以释放?"

加贺停下手上的动作,看着未绪的眼睛。未绪却低着头。加贺向桌旁看去,其余三人好像也在等待他的回答,只有老板在默默切着什么。

"我想,我们的工作是……"加贺说道,"是要弄清到底发生了什么。如果能够查明一切,那么检察官或法官自然会有相应的结论。"

"完全是场面话。你们是先有了假设,然后为了证明这种假设而调查吧?"柳生说完瞪着加贺。

"你说的'假设'指的是什么?"

"这我可不知道。"柳生耸了耸肩。

"我们对斋藤叶琉子一无所知,她完全就像是一张白纸,因此更要追究真相。请别忘了,相信我们也就是相信她。"

加贺说着扭转操纵杆。中锋球员敏捷地转身,将球射进了对方的大门。

5

案发后的第三天,死者的身份得到了确认。有个女人说死者或许是她的男友。

女人叫宫本清美，自称是住在埼玉县的自由职业者。据她说，由于男友不知去向，她向埼玉县县警本部报了案，警方向她提供了一张死者的照片。

石神井警察局的年轻侦查员和加贺将清美领到位于地下的遗体安放室。只看了一眼，她便像打嗝一样倒吸了一口凉气，然后边喊"为什么"边哭了起来。加贺等人询问是不是这个人，她只是哭喊道："为什么？怎么会这样！"

好不容易让她情绪稍平静一些，加贺等人将她带到位于刑事科一角的会客室询问情况，不过，她的情绪一直很激动，谈话中不时哭泣，因此了解大致情况花了很长时间。

据她说，死者叫风间利之，二十五岁，从地方的美术大学毕业后，并没有找正式工作，好像是边打工边继续学习。他们正是那时相识的，她当时刚从短期大学毕业，梦想当演员。

两年前，为了学习绘画，风间独自去了纽约，在那里生活了一年左右，然后回到了日本。他好像很喜欢那边的生活，并为了再去那里而努力攒钱。案发那天正是他一直期待的再次赴美的两天前。

"去纽约的两天前？"小林问道。

"是的。"清美边回答边将湿透的手绢重新叠好，"这次他好像要去一个月左右。"

"哦，那他是什么时候失踪的？"

"我们约好出发前再见一次面,但怎么等也没有消息,于是我给他打了电话,可没有人接。我觉得很奇怪,但他有时会做一些莫名其妙的事,我就想他可能是住到了朋友家。"

"但他出发当天也没有回家,你不觉得奇怪?"

"是觉得奇怪,但我想他可能变更了出发时间,已经走了。万万没想到竟然遇害了。"说到这里,清美又开始哽咽,过了好几分钟后才能开口说话。

"那你为什么想到了报案?"太田问道。

"他到那边后应该会马上给我来电话,但是没有。于是我决定到他的住处看看,发现玄关处堆着很多报纸。如果他已经出发了,会停订报纸的,我就觉得很奇怪……"

"于是想到向埼玉县县警本部报案?"

清美用手绢捂着眼睛,使劲点了点头。

太田和小林互相看着对方,摇了摇头。"究竟是怎么回事?"

"和他最后一次见面是什么时候?"加贺问道。

清美将手绢从脸上拿开,略加思考后答道:"他准备出发的三天前。"也就是案发的前一天。

"当时他确实是想三天后出发?"

"是的,当然。"

"再次赴美需要的经费是否够呢?"

"当然够,他也知道,如果没有钱就去不了。"

"大概有多少存款?"

"这个嘛，准确数额我不大清楚……但应该有两百万左右。"

加贺闻言，看了看前辈们。如果清美所言属实，那么风间利之并不缺钱。

"与你最后一次见面时，他没有提到有关出发前需要做的事？"小林问道。

"说过，要停订报纸，还有出发前要与房东道别。"

"他有没有说要去芭蕾舞团？"

一瞬间，她似乎忘记了悲伤，瞪大眼睛。"我不明白你说的芭蕾舞团到底是怎么回事。"她答道，"他为什么会去芭蕾舞团那种地方……我想他可能连高柳芭蕾舞团这个名字都没听说过。"

"你是说他对芭蕾舞不感兴趣？"加贺问道。

她点了点头。"一点都不感兴趣。我想当演员，因此学过一点芭蕾，但从没和他聊过。"

加贺又看了看其他侦查员。大家的表情都充满了疑惑。

当天，加贺等人去了风间利之位于吉祥寺的公寓。正如清美所说，门上的信箱里塞满了报纸，塞不进去的则散落在地上。

房间打扫得比较干净，角落里放着手提箱和运动包。鉴定人员开始采集室内的指纹，加贺等人则检查包内的物品。

手提箱里除了衣服，还有画具、书和日用品。运动包里随意塞着衣服、护照、驾驶证和装有三千八百美元的信封。无论是箱子还是包，好像都没有整理完毕。

随后，侦查员们彻底搜查了房间，试图找到风间利之与高柳芭蕾舞团或斋藤叶琉子的关联。

"主任，发现了这个。"查看桌子抽屉的刑警将小纸片一样的东西递给小林。

"是芭蕾舞演出的门票。"小林一边自语一边将门票拿给太田。加贺也从旁边看了一眼。蓝色的薄纸片上印有如下内容：

天鹅湖完整版　一九八×年三月十五日　下午六时〇〇分　×××剧场　主办：高柳芭蕾舞团　GS座席第一层九排十五号

"这是去年的日期。"太田说道。

"是啊。"

"宫本清美不是说风间利之对芭蕾舞不感兴趣吗？"

"好像并非如此。"

小林将门票递给别的侦查员。

能证明风间利之与芭蕾舞团相关的物品仅此一件。警方也没有发现他与斋藤叶琉子以及其他团员有任何关联。

当天晚上，鉴定人员汇报了指纹检查的结果，在风间利之的住处没有发现此案相关人员的指纹，即没有与芭蕾舞团成员一致的指纹。

风间利之看过高柳芭蕾舞团的演出，这是唯一的关联点。

第二天，警方开始了针对风间利之的全面调查取证。他曾供职于一家位于新宿的设计事务所。另外，他还在吉祥寺的酒吧当过夜间调酒师。侦查员们走访了各个工作场所和那些场所的相关人员。

这一天，加贺和太田再次来到了芭蕾舞团。他们首先见了高柳静子，但她坚称不认识风间利之。

"与芭蕾舞团没有关联也无所谓。您对风间这个姓是否有印象？"太田追问道。

静子挺直腰板，闭着眼睛再三摇头。"对这个姓也毫无印象，我们不可能认识一个小偷。"

"但据我们了解，风间并非为盗窃而潜入，对此没有什么线索？"

"没有。"静子断然回答。

走出会客室，太田回头望了一眼，露出苦笑。"所谓横眉冷对，说的就是这种情况。"

"这恐怕是对我们没有释放斋藤叶琉子的一种报复。别的侦查员也说，团员们的态度一天比一天冷淡。"

"是啊，毕竟这不是个讨人喜欢的行当。"太田说要给警察局打个电话，随后走进了办公室。办公室工作人员已经恢复办公。

加贺边等太田边看了一眼排练厅。平时有很多人在那里练习，但也许是午休的缘故，现在只有一个人在练习。仔细一看，是浅冈未绪。加贺轻轻推门进去，坐到角落里的一把圆椅上。

未绪一边播放磁带一边随着曲子跳舞。这支曲子加贺有印象，但不知道作曲者是谁，只知道是古典音乐。他并不具备这方面的知识。

虽然不懂音乐，加贺也觉得未绪的舞姿非常迷人。她的身体宛如一个万花筒，与其说是跟着曲子，不如说是完全与曲子融为一体，变换着各种姿势，时而像流水，时而又弹跳，全身都在舞蹈。旋转、跳动、抬脚，每一个动作都像在对观看者诉说某种意境。另外，仔细一看，她的动作准确得令人难以置信。即便是旋转，她也绝不会有任何差错，进入下一个动作时也很流畅。加贺再一次感到佩服。能够拥有如此出色的技巧和体力，她必定付出了无数努力。

未绪忽然停了下来，就像机器人停止动作那样突然。音乐还在播放。她走到录音机旁，关掉开关，然后抬起头，似乎刚刚发现加贺。

"您来了。"

"是，刚来。为什么不跳了？"加贺问道。

未绪一脸不安，默默低下了头，拿起横杆上挂的毛巾披在肩上，向加贺走了过来。

"真了不起，我一直佩服地看着你练舞。"

听到加贺的话，未绪停了下来，目不转睛地看着他。"佩服？"

"是的，能不佩服吗？在我看来，你的舞姿非常优美。"

她认真地看着加贺说话，然后眨了眨眼。"多谢夸奖。"她的嘴角露出一丝喜悦。

"刚才那支舞是……"

加贺的问题似乎过于外行,她微微歪了歪头。

"是《睡美人》中的一部分吗?"

加贺换了个问法,未绪轻轻点了点头。"是的,是弗洛丽娜公主独舞中的一部分。"

说实话,加贺并未听明白她在说什么。"什么时候开始公演?"

"下周日,在东京广场礼堂。"

加贺从口袋里拿出记事本记下。

"以前您说看过《天鹅湖》,对吧?"她问道。

"是的,那次你穿的是黑色演出服。"

"当时我演黑天鹅。"

"对,想起来了。我觉得非常了不起,怎么能跳得那么好……真的。"

未绪低下头,然后再度看向加贺,表情变得有些黯然。"请问,还不能释放叶琉子吗?"

这次轮到了加贺回避她的眼神。"因为还有很多事没有查明。对了,"他拿出风间利之生前的照片给她看,"他就是死者,姓风间,你是否在哪儿听说过?"

她马上摇了摇头。"没有。"

"警方的大部分人认为,风间利之可能是想偷现金以外的什么东西。所以我想问问你们芭蕾舞团最贵重的东西是什么?我是指有可能被盗的东西。"

未绪一动不动地瞥了加贺一眼。四目相对,未绪急忙收回目光,好像在思考他的提问,但最终她还是摇了摇头。"实在想不出什么东西可能会被盗。这种地方应该没有什么值得偷的。"

"哦,那倒也是。"

"如果一定要让我说的话,"她说道,"是不是舞者呢?无论是哪一个芭蕾舞团,舞者都是最重要的。"

"倒也是,"加贺表示赞同,"确实可以这么说。的确是芭蕾舞团的宝贝。"

"但人是不可能被偷走的。"

"是啊,很遗憾。"加贺说完再次看向她,"你也是这个团里的宝贝吧。"

未绪微微一笑,随即闭上眼睛,摇了摇头。"这个我也不知道。"

加贺觉得在这一瞬间,未绪的心好像转向了另外一个世界。

这时,敲门声响起。加贺回头一看,太田正在招呼他。于是他向未绪施礼道别。

她略微动了动小巧的下巴,点点头,自语般说了声"再见"。

走出芭蕾舞团,加贺和太田找到与公演有关的后台工作人员,包括负责舞台设备和照明的人员。由于风间利之想成为画家,因此他们期望能在舞台美术方面得到有用的信息,但毫无收获。

"你们的效率怎么这么低?"他们反而遭到了人们的白眼,"明明就是正当防卫,不必考虑死者的情况,快点给我们放了斋藤!"

另一方面，对风间周边的调查也在紧锣密鼓地进行，然而并没有发现他与高柳芭蕾舞团的关联。警方也和与风间关系不错的人接触过，但得到的证言都是风间与芭蕾或芭蕾舞团无关。他甚至从未提过此类话题。

另外，许多认识他的证人最后都如此总结："他绝不可能为了盗窃而潜入别人的住处，这是无法想象的。一定是哪个环节出了差错。"

风间母校的老师们也说过这种话。"他是一个极具正义感的孩子。"高中班主任评价道，"他极其讨厌歪理，如果遇到这种情况，不管是谁，他都会和对方争辩。当然，有时会显得太倔。但他平时是一个安分的、富有幽默感的孩子。"

大学同学和教授们也都这样说。另外，周围的人对风间利之的印象，至今也没有丝毫变化。

侦查员们陷入了困境。他们越是调查，越觉得风间利之与高柳芭蕾舞团的潜入事件没有任何关联。

在这种胶着状态中，加贺好不容易察觉到高柳芭蕾舞团与风间利之的关联已是案发五天后了。

高柳芭蕾舞团有时会将优秀的舞蹈演员送到海外留学，留学目的地中有纽约的芭蕾舞团，其所在地离风间住过的公寓很近。

风间在纽约时很可能与高柳芭蕾舞团的舞蹈演员有过接触。

"另外，还有一点也很可疑。"加贺依次看着小林和太田说道，"就是在风间的住处发现的那张芭蕾舞门票。日期是一年前的三月，也就是他从纽约回来后没几天。理应对芭蕾毫无兴趣的风间为何会一时冲动买下那张票,我想,原因可能与纽约有关。"

他的想法得到了小林等人的首肯,并以此为据制定方案。首先,他们需要在高柳芭蕾舞团的舞蹈演员中找出有可能在纽约见过风间的人。经调查,他们很快得到了结果,有两个人符合条件。一个是绀野健彦,另一个是梶田康成。

另外,如果不考虑前年到去年这一时段,还有几个人符合条件,高柳亚希子也包括在内。斋藤叶琉子和浅冈未绪没有去过纽约,但曾去伦敦留学。

警方决定彻查绀野和梶田。如果他们认识风间,也许回到东京后会在哪儿见过面。

当然也有必要调查纽约的情况。纽约是世界有名的犯罪多发城市,不知能在多大程度上得到配合,总之需要委托警视厅与纽约警方协商。

警方用上了能够想到的一切办法。

加贺和太田也加入了走访调查的队伍,忙得焦头烂额。近来,为了工作或学习去纽约的日本人很多。据说这些人在那边也愿意与其他日本人聚在一起。警方认为其中或许有人认识风间利之。但盲目寻找是不可行的,警方决定拟一份最近去过那儿的美术工作者名单,可数量也相当可观。

"那个城市的确有那种魅力。"一个自称版画家的年轻人说道,他身体瘦削,面色有些暗淡,目光却炯炯有神,"对于有理想的年轻人来说，那个城市到处都有能够激发灵感的线索。不管好坏都想吸取，然后拿回家，这当然不太可能，那就像想用吸尘器将沙漠清扫干净一样。于是大家得出一个结论：待在这里，并实现梦想。对那些没有理想或目标的人来说，那个城市也会使他们忘记人应该追求的紧迫感。在那里，人们每天都可以享受不同的刺激。那些人当然也有自己的想法，比如说想在那里终老一生。"

加贺边听边感慨地点了点头。"你为什么选择回到日本？"他问道。

年轻人的表情忽然变得像吞下了苍蝇一般难看。"到处都充满灵感，随时随地都有，但我找不到答案。当意识到这一点时，忍不住想逃避，于是决定回国。我现在可以说正是处于这种时期。过一段时间，觉得找到了答案后，便为了寻找灵感而再次出发。就是这样反复。"

"真是个具有魔力的城市。"

"你说得没错。"

加贺拿出风间的照片，问他是否在那边见过这个人。年轻的版画家说在那个城市时，他对日本人毫无兴趣。

人们对纽约的印象各有不同。有像这个版画家一样解释的，也有人认为，那个城市只会令人恐惧。

"哥哥被纽约吞没了。"三天前刚刚得知哥哥死亡消息的女子用淡淡的语气说道。其实加贺想见的正是那位"哥哥"。

"哥哥六年前为了学习绘画去了纽约。去的时候说好两年就回来，却一直都没回来。哥哥在寄来的信中写道：'我不回去了，别等我。'最后一封信是去年夏天寄来的。三天前，与哥哥合租公寓的日本人打来电话，说他在房间里自杀了。"

"自杀的原因是什么？"

"不清楚。"她摇了摇头，"爸爸去认领遗体了，也许能了解到一些情况。但我想应该没有什么自杀的动机。"然后，她又一次喃喃道："哥哥被纽约吞没了。"

加贺问她哥哥的信中是否提到过一个叫风间利之的人，她说没有。

并不是加贺他们见到的所有人都会说出如此意味深长的话。有些人只是说纽约是一个可怕的城市，并无实质性内容。或者说，按比例来讲，那么说的人占绝大多数。但针对加贺等人的问题，所有人的回答基本都一样——没人听说过风间利之。

"只能寄希望于那边的警察了。虽说他们能协助到什么程度还是未知数。"

太田边眺望东京湾边喝着咖啡。今天，他们大老远来到了浜松町，因为风间利之的一个朋友就住在附近。此人知道风间去了纽约，但对他在那里的生活一无所知。

"我们派侦查员到那边怎么样？"加贺提议道。

太田撇了撇嘴。"你愿意去？"

"当然。"

太田无声地笑了。"日本的刑警越洋过海大显身手吗？简直像侦探剧的特别版。"

"您也看侦探剧？"

"偶尔看，还挺有意思的。因为要在一个小时之内结案，线索一个接着一个。"

"与现实大不相同。"

"完全不同。"太田点上烟，望着天花板，慢慢地抽着，"关于那个芭蕾舞团，你是怎么想的？"

"不知怎么，觉得有点可疑，但也说不出哪儿不自然。"浅冈未绪的面容毫无缘由地浮现在加贺的脑海。

"我也有同感。芭蕾舞团这种地方和一般社会大不一样。那个高柳静子，身为大财阀的女儿却不结婚，将一生献给芭蕾舞，也算是一个怪人。"

"据说亚希子是她的养女？"

"是她堂姐的女儿。她看中了亚希子的芭蕾舞天赋，于是收为养女，据说从小就进行彻底的精英教育，因此才将其培养为高柳芭蕾舞团的顶梁柱。具有这样经历的并不限于她一人，绀野健彦和斋藤叶琉子的情况也差不多。在这些人的生命中，芭蕾舞优于一切。可以说他们的世界仅靠彼此之间的联系就能运转，不需要和那些与艺术无关的人来往。"

"这听起来像是偏见。"

"这不是偏见，你早晚也会明白。我曾经与其他芭蕾舞团的人打过交道，所以明白了这些。对了，你和浅冈未绪好像谈得很投机？"

"她可是正常人。"

"我不是说她有什么异常。总之，你很快就会知道的。"

太田拿着账单起身，加贺赶紧喝完已经凉透了的咖啡，跟了上去。今天还要去另外三个地方。

工作结束后，加贺要去涩谷。为了看《睡美人》。

6

模拟正式演出的舞台练习从下午两点开始。六点半正式开演，可以说这是最后的总练习。业界一般将这种舞台练习称为总彩排。

总彩排和正式演出完全一样。不仅是舞蹈，舞台设备和照明都要做最后的检查。

《睡美人》由序幕和另外三幕组成。序幕是奥罗拉公主的命名仪式。国王和王妃登场后，六个仙女先后出现，翩翩起舞。未绪是这六人中的一员。

"惠子，注意位置，现在的间隔太宽了。"

话筒中传来梶田康成的声音。他坐在观众席的中央，看着整个舞台。在彩排过程中，如果谁有差错，他就通过话筒指挥。

为了展示不同的个性，六个演仙女的舞蹈演员首先跳独舞，最后再一起跳群舞。

接下来是身着黑衣的妖婆卡拉波斯的表演。卡拉波斯虽是女性，但传统上一般由男性扮演。

卡拉波斯诅咒说，十六年后，奥罗拉公主将被纺锤刺死。但紫丁香仙女赶走了卡拉波斯。她改变预言，称公主在沉睡百年后会被一位王子唤醒。

上述内容是序幕，接着便进入第一幕：奥罗拉公主的十六岁生日。首先是村民和侍女的华尔兹舞。

"俊夫，快站到中间！对，还差半步。"梶田喊道。虽然是彩排，但不允许一点疏忽。

国王、王妃和向公主求婚的四位王子登场。随后出场的是已经成长为美丽姑娘的奥罗拉公主。是高柳亚希子。公主首先与求婚的王子们跳舞。她在不同王子的陪伴下起舞，并接受他们的玫瑰花，这也是被称为玫瑰柔板的经典场面。最后是她的独舞。

"亚希子，刚才那个地方，脑袋转得再快一些。阿悟，你站在那个位置，观众根本看不清楚，往前走一大步。"

舞蹈演员的动作自不必说，即便是对在公主旁观跳舞的其他演员，梶田都有苛刻的要求。

奥罗拉公主正跳着，化装成老妪的卡拉波斯手持鲜花向她走近。公主收到的花束中藏有纺锤，被刺中的她最终倒下。众人陷入绝望。四位王子开始与卡拉波斯搏斗。在大家悲叹时，紫丁香仙女出现了。告知众人奥罗拉公主沉睡一事后，她用魔法让城堡同所有人一起陷入睡眠。

随后，紫丁香仙女用森林将整个城堡包围起来，此时是舞台设备和灯光师发挥本领的最佳时刻。

第一幕就这样结束了。进入第二幕前，演员们在后台休息片刻。

"未绪，你今天跳得特别好，舞步特别轻盈。"亚希子一边擦汗一边说道。她们共用一个休息室。

"谢谢。可能是因为我没想太多。"

"这样才好。"

"不过有时也跟不上旋律。当然，也有合拍的时候。"未绪说完拿起圆珠笔敲着桌子，进行表象训练。

"没问题。你会在正式演出时超常发挥的。"亚希子将手伸向化妆盒。

休息十分钟后，第二幕开始了。第二幕是奥罗拉公主沉睡一百年后的世界，拯救公主的德吉雷王子出场，饰演者是绀野健彦。演出场景是在森林中打猎的王子一行的游戏和舞蹈。不久，一行人出发，王子独自留在原地。这时，紫丁香仙女出现，并告诉王子美丽公主的故事。在仙女们的注视下，王子与奥罗拉公主的幻影共舞。

"每当他们两人共舞，舞台确实变得闪闪夺目。"未绪在舞台侧面观看时，扮演蓝鸟的柳生来到一旁，"无论是身高还是舞技，我觉得自己并不亚于绀野。但我缺乏他那种希望得到观众瞩目的表现欲。当然，这也许与天生的性格有关。"随后，他又笑着补充道,"或许是成长环境不同的缘故。"

"但蓝鸟这个角色,我想你更合适。真的。"

"我应该说谢谢吧?"这时,柳生的笑容忽然消失了,"叶琉子非常期盼这个舞台,很遗憾未能让她看到。"

不知道该怎么回答,未绪只能默默地望着舞台。

舞台上,王子正在紫丁香仙女的引领下走进森林。途中,卡拉波斯等人出来阻挠。王子勇敢搏斗,击败了她们,继续往森林深处走去,最终在城堡中发现沉睡的奥罗拉公主。王子轻吻后,奥罗拉公主苏醒过来,周围的人也从百年的沉睡中解脱,第二幕就此谢幕。

谢幕后,舞台上进行了大规模的背景转换。梶田也从观众席走过来,与舞台导演磋商。未绪和柳生等人回到后台。走廊里,绀野和亚希子正认真演练。

接着是第三幕。

这一幕是奥罗拉公主和德吉雷王子的结婚典礼。在众多贵族聚集的场面中,出现了国王、王妃、奥罗拉公主和王子的身影。首先是宝石精灵们的舞蹈,之后是穿靴子的猫和白猫的舞蹈。

"多香子,动作幅度太小了。幅度要大,手的动作要迅速。"观众席上又传来了梶田指挥的声音。未绪一边调整头饰的位置一边看了一眼梶田,只见他抱着胳膊站在那里。

终于到了未绪等人出场的时候。是蓝鸟和弗洛丽娜公主的双人舞。首先是两人共舞,接下来是单独跳的变奏曲。柳生像是为了炫耀般跳得很高。蓝鸟能强调男演员的朝气和力量，因此常常会在比赛时单独表演。

最后又是双人舞。曲子快要结束时，未绪觉得有点奇怪。他们开始跳后，梶田什么都没有说过。即便跳得再成功，也不可能完美无缺，理应有什么指示。

舞蹈结束后，未绪看了一眼观众席，梶田坐在椅子上，但——

"怎么了，未绪？"柳生对站着不动的未绪问道。

"老师的样子……有点奇怪。"未绪看着观众席说道。梶田的身体有点倾斜，像是倚靠着旁边的席位，纹丝不动。

"老师！"这时才察觉到异状的演员们纷纷跑下舞台冲向梶田。未绪和柳生也跑了过去。

第一个扶起梶田的，是在观众席观察舞台情况的灯光师本桥。扶起梶田后，本桥边喊"喂，醒醒"边使劲摇他的肩膀。没有任何反应。本桥抓起梶田的手腕，摸了摸脉搏，然后将他平放在地。

"快叫医生！"本桥说道，"但好像已经晚了。"

第二章

1

加贺的真实感受是，事情的进展完全出乎意料。

那天，他为了看高柳芭蕾舞团的《睡美人》，正准备去东京广场礼堂，却接到了传呼。他与警视厅联系，得到如下指示："东京广场礼堂疑似发生杀人案，马上赶到现场。"

"被杀的是高柳芭蕾舞团的人吗？"

"好像是，死者是一个姓梶田的艺术总监。"加贺等人的上司富井警部以冷静沉着的声音说道。

"梶田……"加贺不由得咽了一口唾沫。因为案件的关系，他在芭蕾舞团见过梶田几次。没想到他被杀了。"那个人我认识。"他说道。

"哦。不管怎样，快去看看。"

"明白了。"

加贺放下电话，马上将情况告诉了太田。就连这位资深刑警也大吃一惊。

"又一起杀人案？在这么关键的时刻又出了大麻烦。"

"未必是偶然发生的。"

"别说那些不吉利的话。"太田板着脸说道。

东京广场礼堂位于代代木公园内，与国立代代木竞技场隔路相望。当加贺等人赶到时，礼堂入口已经有很多观众排队等待入场。礼堂旁边停着三辆警车，观众们好奇地打量着。他们绝对想不到里面发生了杀人案。

警车旁站着身穿制服的涩谷警察局的年轻警察。加贺走近他们并说明身份。对方露出有点紧张的表情，说"请到这边"，将他们领到后门。

"今天好像不停演吧。"加贺边走边说。

"是的，按原计划好像是六点半开始。"

"不可能停演，也没这个必要，反正凶手是跑不掉的。"太田说了句意味深长的话，好像他已断定凶手就在内部人员当中。

两人被领到后台，发现这里交织着匆忙与紧张的气氛，但这显然不是因发生杀人案而出现的。几个一看就是刑警的人踱来踱去，但他们的表情也比擦身而过的年轻人们沉稳。舞蹈演员自不必说，就连幕后工作人员好像都只想着将于几分钟后开始的正式演出。

曾经共事的涩谷警察局的内村警部补坐在休息室的椅子上，

无所事事地注视着工作人员的动静。加贺和太田走近招呼，没想到他一开口就是发牢骚。

"我们想了解一点情况，他们说等演出结束后再说。我们也不能强行要求他们配合，真难办。"内村似乎已经厌烦至极，撇了撇嘴。

"案发现场在哪儿？"加贺问道。

"在观众席的正中间，这也是一件头疼的事。"

"观众席的正中间？"太田瞪大了眼睛。

内村简单介绍了案件的来龙去脉。据他说，在彩排时，梶田忽然倒下，芭蕾舞团成员吓了一跳，赶紧叫来医生。医生看了一眼，就说应该马上与警察联系。这时梶田已经没有呼吸，好像是中毒死亡。

接到报案后，涩谷警察局的侦查员很快赶到，与当时在场的医生一起查看尸体。鉴定尸体的侦查员很快发现了异常。梶田穿着纯棉衬衫，衬衫背部中央附有茶褐色污迹。

"那是什么？"加贺问道。

"尚不能断定，但好像是某种毒药。"内村警部补以慎重的语气回答道，"翻开衬衫一看，液体已经附着在皮肤上，附着处有小小的伤痕，还出了点血。仔细查看衬衫，发现了一个好像是针扎过的小眼。"

"原来如此。"加贺点了点头。毒药有吞咽毒、注射毒、吸入毒三种，既然有来历不明的液体附着，那么极有可能是注射毒。

鉴于这种情况，他们判断这是一起杀人案，并上报警视厅总部。

"尸体在哪儿？"太田问道。

"已经腾出后台的一个房间，把尸体放在了那里，待所有人员到齐后再重新进行现场检查。"

"是侦查员动的尸体吗？"

"不是，我们赶到时，尸体已经被动过。是芭蕾舞团的人动的。对他们来说，圆满演出比保护杀人现场更重要。"说到这里，警部补又发起牢骚。

没过多久，警视厅总部派来的其他侦查员也赶到了现场。在上一起案件中共事过的东都大学安藤副教授也在其中。他们一起在狭小的房间里勘查。

梶田康成身着白色与淡绿色相间的条纹衬衫和牛仔裤，一身休闲打扮，俯卧在铺着塑料布的地板上。之所以让梶田的背部朝上，应该是为了能够清楚地看到茶褐色污迹。

"不仔细调查前还不敢确定，但有点像尼古丁。"安藤副教授嗅了嗅污迹后说道。

"是指香烟中的尼古丁吗？"富井警部问道。富井虽然瘦小，但说话时习惯挺胸，看起来十分威武。

"是的，那是一种剧毒。如果只是燃烧烟叶吸烟，一般没什么问题。但……"

加贺暗表赞同。他想起一部推理小说中出现过这样的计谋：在软木塞上扎上数十根针，弄成板栗壳的样子，然后在针尖抹上尼古丁浓缩液，偷偷将它放进目标的口袋。当那人把手放进口袋时，就会被刺伤，很快毒发身亡。

"那个小伤痕是怎么回事？"太田指着伤痕处问道。

"好像是被针扎的。"副教授回答道，"是不是注射用的针头还不好说。"

尸体上并没有其他异常的外伤。警方决定将尸体运到涩谷警察局进一步调查，最后移到指定大学的法医学研究室进行司法解剖。

侦查员们很想继续勘查现场，但演出已经开始了。与案件有关的人都忙于演出，侦查员们也不能靠近杀人现场，众人束手无策。

唯一能够讯问的就是高柳静子。具体工作由富井警部等人负责。

"那我去看芭蕾了。"加贺向无所事事的太田小声说道，然后从外套内侧口袋里取出一张细长的纸片，"我可是为了今天特意买的票，不看就白白浪费了。"

"估计以后不想看也得看，而且会让你看到不耐烦为止。"

加贺没有介意太田的奚落，走向舞台的出入口。第一幕已经开始了，他不好意思去观众席，打算从舞台侧面看。

舞台后方散乱地放着各种道具，其中还有马车模型。站在近处看，模型脏兮兮的，显得很廉价，但放到舞台上，肯定会光彩照人。

虽然从正面看不出来，但舞台后面比想象的宽敞得多。无论是宽度还是深度，都接近舞台的两倍。仔细一想，如果没有这样的宽度，很多道具将无法进出。

加贺从侧面看向舞台。扮演奥罗拉公主的高柳亚希子正在跳舞。一旁观看的人群中有浅冈未绪的身影，她戴着飘逸的羽毛头饰。

不仅是亚希子，其他舞蹈演员也都进入了角色，用全身表现着喜悦之情，很难想象他们刚经历了艺术总监的意外死亡。加贺觉得自己目睹了专业人士的敬业精神。

不久，扮成老妪的舞者从舞台另一侧出场，向奥罗拉公主献上花束。公主被藏在花束中的纺锤刺伤倒下，国王和王妃甚感悲伤。

"毒针……吗？"奇妙的感觉涌上心头，加贺不禁喃喃自语。他忽然想到，杀害梶田的手法与杀害奥罗拉公主的完全一样。

第一幕结束后，演员陆续退场。所有人的表情都十分严峻，与演出时截然不同。加贺不明白这是案件还是倾力于舞台所致。总之，他被他们急促的呼吸和浓重的汗味完全震住了。

"啊！"

不知从哪儿传来了惊呼声。加贺循声看去，浅冈未绪正停下脚步看着他。加贺点了点头，未绪随即向他走来。

"辛苦了。"加贺说道。她并未回答，只是央求般问道："梶田老师的事，有什么眉目吗？老师为什么会忽然去世呢？"这时，她才发现自己在无意识中拉住了加贺的衣袖。她慌忙松开手，边小声说"对不起"边低下了头。

"详细情况还不清楚,"加贺说道,"毕竟还没有向大家了解当时的情况。"

"哦……那倒也是。"

未绪说着眨了眨眼睛,假睫毛也跟着颤动。加贺觉得她真像个洋娃娃。

"一会儿也会向你了解情况,到时候请多关照。"

未绪闻言轻轻点了点头,然后走向休息室。目送着她的背影,加贺摸了摸袖口,觉得她好像还在紧紧地抓着自己。

听到有人叫他,加贺抬头一看,是太田示意让他过去。

侦查员们想在幕间休息时去看看案发现场。但要是几个目光敏锐的男人走来走去,肯定会给其他观众带来不必要的不安。因此,众人决定各自悄悄查看。

案发现场在一楼的正中间,前面就是中央过道。由于前方没有座位,视野相对开阔,是最理想的位置。梶田选择这样一个位置观看演出,估计也是考虑到视野上的优势。

如今,除了这个位置,两侧和前后座席上均贴有"禁止使用"的纸条。

"买到特等席的观众可算倒霉了。"加贺不由得自语道。

"好像也不必那么想。高柳静子说过,为应对有时会忽然出现的贵客,会预留出些好位置。"

"哦,这样啊。"加贺闻言叹了口气,"对了,本辖区的同行们没有查出什么吗?"

"在正式开演前,他们尽可能对座席周围的情况做了调查,但未发现有用的线索。"

"从舞台到过道,本想进行彻底调查的。"

"本想……吗?但在现在这种情况下,已经不可能再进行现场勘查了。"

两个小时前,有人就死在这个位置。对事实全然不知的观众们一边期待着下一幕的精彩演出,一边将杀人现场踩得一片狼藉。

幕间休息是二十分钟。反正演出结束之前无事可做,加贺拿出票,找到指定位置坐下。坐在后面的年轻女子明显露出不悦的表情,或许是觉得加贺的身高会阻挡视野。加贺尽量往后倾斜,以便降低自己的高度。

第二幕从森林中的场景开始,首先由绀野健彦扮演的王子登场。观众席上爆发出热烈的掌声,加贺明白了绀野在芭蕾舞界的地位。

由于几乎不知道故事情节,加贺完全不知舞台上舞姿的意义,能够看明白的只有绀野王子好像喜欢上了亚希子公主。浅冈未绪并未出场。

梶田倒下是在第三幕。加贺心不在焉地望着舞台,思考着案件的来龙去脉。后背既然有被毒针扎过的痕迹,那么是不是凶手偷偷从后面接近扎的呢?这是个看似相当大胆而又非常轻率的行动,但如果凶手相信毒药完全可以在瞬间杀死对方,也不是没有可能。涩谷警察局的侦查员肯定也是基于这种考虑,才禁止使用那个位置的后座。

如果不是直接注射——

加贺又想起了那部推理小说。比如，将图钉之类的东西放在某处，然后等待梶田被扎。

将图钉放在哪儿固然重要，但还有必要考虑何时安放。梶田倒在第三幕的演出中，那么是不是在之前的幕间休息时？或是第二幕的演出正在进行的时候？

舞台上，绀野和亚希子的舞蹈还在继续。加贺想，如果安放毒针是在演第二幕时，那么这两个人显然是不可能的。

他又想到，使用图钉刺伤倒有可能，但是毒药呢？如果使用的是箭毒或乌头碱，即使在针尖上抹一点点，也有可能导致对方瞬间死亡，但尼古丁再浓缩也不行。即便在那部推理小说中，加贺也对这一点充满疑问。

最重要的是，看到衬衫污迹便知道，毒药不可能只有少量，还是判断为注射比较稳妥。

用了某种计谋——

加贺长叹一口气。这时，故事已进展到绀野扮演的王子为了拯救长眠的公主而走进森林的那一段。

第二幕结束后，加贺回到后台。演员们急匆匆地来往于走廊上。侦查员们在嘈杂的环境中聚集在休息室里。太田把纸杯装的咖啡放在面前，悠闲地吸着烟。

"了解到什么情况了吗？"加贺说着坐到他旁边。

"怎么可能,到现在还什么都没做。"太田一边望着天花板一边吐着烟圈,"但有件事很可疑。"

"什么事?"

"上衣。"

"上衣?"

"梶田死亡时穿着上衣。运动服或夹克衫,总之就是那种衣服。好像是芭蕾舞团的人在安放他时脱下的。那件上衣被随便扔在了后台的大房间里。"

"是谁扔的?"

"这还不大清楚。但那件上衣背部的内侧也有同样的茶褐色污迹。"

"如果倒下时穿着它,必然如此。"加贺说道。

"那倒是。但奇怪的是上衣的内侧有污迹,外面却几乎没有。"

"那上衣是什么面料的?"

"好像是丝绸和麻的,是件高级货。"

"鉴定人员是怎么说的?"

"是有点可疑,但也不好下结论。"

"哦,真是通俗易懂的说明。"加贺露出戏谑的表情,但很快恢复了严肃,"但如果做了手脚,也许就是那个地方。"

第三幕就要开演,加贺正准备返回座位,组长富井叫住了他,让他和太田一起过去。看着笑嘻嘻的太田,加贺露出不耐烦的表情,跟在富井身后。

三人来到方才察看尸体的房间。尸体已经搬走,室内显得很空旷。隔着一张小桌子,加贺和太田在富井对面坐下。

富井首先问他们怎样看此案。前些日子,两人因"正当防卫"事件,去石神井警察局支援过,富井因此认为他们对高柳芭蕾舞团多少有些了解。他似乎也考虑到两起案件的关联性。

"恕我直言,目前还不太清楚。"太田率先说道,"关于之前的案件,我们好不容易才弄清死者的身份,仅此而已。死者与芭蕾舞团的关联仍未查明。在芭蕾舞团这样一个相对狭小的范围内,短时间内接连发生两起杀人案,我想其中必有关联。以我与团员们接触的印象来看,总觉得他们过于闭塞,好像也没有说实话。"

富井点了点头,看着加贺说:"你怎么看?"

"对两起案件的关联性,目前我也说不好。"加贺说道,"但就这次的案件来说,被害者是梶田这一点让我感到吃惊。因为他是高柳芭蕾舞团里相当重要的人物。"

"是啊,方才听高柳静子说,他既是艺术总监又是编舞,还是……"

"他还是芭蕾舞团的总排练者。从舞蹈演员的角度来说,高柳亚希子是高柳芭蕾舞团的支柱,而从创作者的角度来说,团里的支柱是梶田。失去他对整个高柳芭蕾舞团是一个极大的损失。"

"你是说有人明知这一点却杀了他?"富井摸了摸下巴,皱起眉头,"听说梶田单身?"

"是的。他租住在离高柳芭蕾舞团不远的公寓里。"太田看着记录说道。

"有没有女朋友？"

"这个，还不大清楚。"太田摇了摇头。

"他和那个前些日子被抓的女子有没有什么关系？"

"斋藤叶琉子吗？没有，她与梶田没什么关系。"

"她的男友是一个叫柳生讲介的年轻舞蹈演员。"加贺补充道，"现在应该在舞台上。"

"哦，芭蕾舞的圈子确实够小的。"富井露出一丝苦笑，"石神井警察局那边会怎么处理斋藤呢？是不是还没有任何结果？"

"总之，他们打算充分利用拘留期限，调查她与死去的风间利之的关系，然后决定是否起诉……根据情况，有可能会保留处分。"

听完太田的话，富井说道："事情越来越复杂了。"他的声音充满忧虑。

加贺等人走出房间来到休息室时，从观众席传来了热烈的掌声。加贺探头看向舞台的后方，那里非常混乱。演出总算结束了。

加贺来到过道，打开通往观众席的门。演出已结束，但由于正在谢幕，很多观众还没有离开席位。他看了一眼舞台，全体演员正向观众致谢。三名手捧花束的女子走到亚希子、绀野和乐队指挥身旁献花。

大幕一度拉上，但因掌声持续而再次打开。除了亚希子和绀野，还有柳生和未绪。未绪的衣服与方才不一样，淡蓝色布料上闪耀着金色刺绣,衬得她既高贵典雅,又楚楚动人。

她说过演的是弗洛丽娜公主——如此打扮的她,在加贺眼中格外光彩夺目。

2

演出虽已结束,但舞蹈演员们需要换装,幕后人员则需要收拾道具。结果正式开始了解情况时,已经快到十一点了。

利用后台的几个房间,侦查员们分别进行了讯问。太田和加贺因上一案件与舞蹈演员们打过交道,因此主要负责向他们了解情况。

首先是绀野健彦。或许是演出刚刚结束的缘故,绀野的脸有点泛红,但谈到梶田死去时的情景,他的表情变得很严肃。"说实话,我一点也没察觉到。当时我们正准备出场,从舞台侧面看着未绪他们跳舞。后来未绪尖叫,我们才知道发生了什么事。"

"在你的记忆中,到何时为止能够确定梶田尚未死亡?"

"是未绪还没开始跳的时候。穿靴子的猫是之前的舞蹈,跳这段舞时,老师还发出过一些指示。"

太田的这个问题有很大的难度,可没想到绀野回答得极为轻松。

"你是否记得那时梶田的举止?比如与谁说话。"加贺问道。

绀野闭着眼睛摇了摇头。"我一直在关注舞台。"

加贺等人随后问了梶田今天的行动和近况。绀野说并没有印象特别深刻的事,但他补充道:"如果硬要说,那就是叶琉子的情况。他一直很担心。但这并不限于老师一个人,我们也一样。"

"针对那起案件,梶田有没有说过什么让你印象深刻的话?"加贺说道,"什么话都可以。"

但绀野回答说没有。

最后,太田询问了绀野本人今天的情况。绀野略显不快地撇了撇嘴,但还是给出了回答。他的话大致如下:第二幕开始之前,他一直在后台。第二幕开始以后,除了幕间休息和第三幕的一部分,他一直都在舞台上演出。

接着询问的是亚希子,但从她那里也没有了解到比绀野更多的内容。或许是因为演出刚刚结束,她似乎有些兴奋。

"简直无法相信,梶田老师怎么会被杀。是不是什么事故?"

"不是没有这种可能,但据我们调查,应该既不是事故也不是疾病。"

亚希子闻言长叹了一口气,默默地摇头。

加贺和太田也问及她今天的情况。她的安排比绀野紧凑得多。除了幕间休息,她几乎一直都站在舞台上。

"那实在太辛苦了。"

听到加贺的话,她答道:"都说演《睡美人》中的奥罗拉公主特别需要体力。"

亚希子之后是柳生讲介。柳生斜睨了一下刑警便说道："又是你们俩。"

"这句话理应由我们来说。"加贺还击道。太田在一旁嗤笑。

"叶琉子还好吧？如果她出来时变得憔悴瘦弱，我可饶不了你们。"

"今天的案件也许与叶琉子有关。就算是为了救她，希望你配合我们。"

太田话音刚落，柳生立刻反驳："我并没说不配合。"说完，他转过了头。

虽然有所抵触，但柳生的回答有其敏锐之处。尤其引起加贺注意的是他对梶田上衣的描述。

"上衣是湿的？"加贺确认一般问道。

"是的。记得是下课后没多久。老师拿起挂在椅子上的夹克时，发现衣服有点湿。"

"课？"太田问道。

"是指基础练习。"

听到加贺的回答，柳生似乎深感佩服，瞪大了双眼。"你知道的还不少。"

"只是做了点功课。那为什么是湿的？"

"不知道。也许是谁不小心洒了什么。但好像只是普通的水，所以就挂在休息室前的走廊上晾着。"

"就挂在那里了？"

"是的。第二幕结束时好像干了，老师就穿上了。"

加贺和太田对望了一下。假设凶手在上衣上做了手脚，那就一定是在这段时间内。

两人又详细询问了一些其他情况，就让柳生回去了。

"必须弄清楚究竟是谁在梶田的上衣上泼了水。"加贺说道。

"那倒是，但如果真的是凶手搞的鬼，应该会做得天衣无缝，绝不会让人轻易看出破绽。因此应查明每个人的行动。"

太田说话时，传来了敲门声。加贺回应后开门一看，只见神色不安的浅冈未绪站在门外。

未绪是第一个发现梶田异常的人，加贺等人的询问也决定从这一点入手。未绪似乎为缓和紧张情绪，一边不断地慢慢眨眼睛，一边说出当时的情况。

"也就是说，当时由于没听到梶田的提示，觉得有些异常……是这个意思吧？"加贺停下记笔记的手问道。

"是的。因为在平时，无论自己认为跳得多么好，肯定还会被他提醒。"

"明白了。那么在这之前，你并没有朝梶田的方向看？"

"是的。我们在跳舞时会尽可能看远处。"

加贺点了点头，随后想到，这姑娘的目光总是显得很朦胧，可能也是这个缘故。

"关于梶田的死亡，你有没有什么线索？"

"线索……"

"什么样的线索都可以。"

未绪低下头，嘴唇微微一动，摇了摇头。"想不起来。我们都很尊敬老师。虽然他很严厉，但在练习之外是一位总为他人着想的老师。"

"练习时，他是否与舞蹈演员们发生过意见分歧？"

"没有。我们相信听老师的话没错，而且正是一直这么做才获得成功的。大家都对老师的死感到无比悲痛。"

加贺轻轻地叹了口气，似乎不想让未绪发现。虽然未绪这么说，但肯定有人在暗中幸灾乐祸。随后，他又问了一些与问绀野和亚希子时一样的问题，但并未得到什么有用的信息。

"那个……"未绪像在窥视刑警们的脸色，向上翻了翻眼珠。

"怎么了？"加贺问道。

"老师的死因……是什么？"

加贺看了看太田。太田一边用小指挠眼角，一边轻轻地摇了摇头。

"很遗憾，现在还无法公布。"加贺说道，"在查明真相之前。"

"这样……"

也许压根儿就没期待得到答复，未绪似乎并不怎么失望，只是低下了头。

加贺转向太田，问他是否还有问题。太田单手托腮，摆了摆另一只手。"加贺，你这次好像特别热心哪。"

加贺闻言，刚想开口说点什么，只听未绪"啊"了一声。

"怎么了？"

"不，虽然不是什么大事……就是我刚开始跳舞时，记得老师是站在过道上看着我跳的。"

"站着？"

"是的。然后，我再次看他时，他已经坐在座位上了……不，是倒在了座位上。"

"没错吗？"

"是的，好像是这样。"未绪回答的同时，太田站了起来，动作敏捷地开门走了出去。

浅冈未绪的话得到了其他舞蹈演员的证实。尤其是在未绪之前跳穿靴子的猫的多香子做证道："是的，一直到我们的舞蹈，老师都是站在过道上抱着胳膊看的。被他提醒时，我还不由得看了看他，因此记得特别清楚。"

其他舞蹈演员的证言也大致相同。在第三幕开始后，梶田好像一直站着，直到未绪等人跳时才坐下。

"从后背伤痕的位置来看，他很可能是在坐下的一瞬间被事先安装好的毒针扎伤的。如果是从背后注射，座席的靠背会成为障碍，反而不大可能。"

戴着黑边眼镜的鉴定人员特意坐在观众席上示范讲解。加贺和其他侦查员都围着他。时间已经过了十二点。警方让相关人员先回去后，又进行了一次现场勘查。

"具体是怎么安装毒针的？"富井警部以自言自语般的语气问道。

"好像是安装在上衣上。"加贺率先发言,"虽然也有可能安装在座位上,但那样梶田有可能在坐下前就发现了。所以我想是安装在上衣里侧。故意弄湿上衣也是为了创造安装的机会,这么想也就合情合理了。"

"我也有同感。"太田说道。

富井点了点头,看着那名鉴定人员。

"在上衣上是否有可能安装一个装置,能够在人被扎的瞬间将毒物注入体内?"

"这个还有待探讨,但好像有可能。"

"在这种情况下,穿衣服的人是否会感到不适?"

"这要看装置的大小。那件衣服是夹克,穿上后背后还有一定的空间,如果厚约一厘米,那么一般不会被发现。另外,就像加贺所说,在衣服里侧安装这样的装置很有说服力。这样一来,茶褐色污迹只附在衣服里侧这一点也可以得到解释。"

"原来如此,是这样啊。"富井好像很满意,不断点头,"安装时间可以暂不考虑,但能否知道凶手是何时将其取走的呢?"说完,他看了看侦查员们。

"就是弄不清这一点。"富井手下一名骨干刑警开口说道,"搬运尸体时,到底是谁主张帮他脱下衣服,然后又是谁将衣服拿到了哪儿,这谁也不知道。当时,大家好像都在注意尸体。"

"这么说,凶手是一个极有心计的家伙。但凶手选择地点太轻率了。以这种方式杀人,嫌疑人不可能是芭蕾舞团以外的人,这不是明摆着的吗？是吧？"

对于富井的这番话，有几个人表示赞同。空间有限，人员范围也很有限，这么考虑或许不失妥当。

但加贺并不觉得凶手过于轻率。富井并不知道芭蕾舞界是一个极为封闭的世界。凶手一定是充分考虑了自己与梶田接触的种种机会后，觉得无论是在空间上还是在人际关系上，这里都相对宽阔，因此选择了这个场所。

3

"觉得有点累了。"

将烟在烟灰缸中摁灭后，高柳静子叹了口气，瞥了一眼副驾驶席上的亚希子。亚希子没说什么，只是点了点头。

"你们也累坏了吧。一般来说，光是舞台演出本身就让人累得不行。"静子看着坐在后座的未绪等人说道。未绪抬起靠在车门上的头，回答："是啊，有点。"

警察结束问话时已近十二点。未绪麻烦开车的高柳静子将她送到公寓。车上除了未绪，还有亚希子和森井靖子。亚希子今晚要住在静子家。

"遇到这样的事，被问到这么晚也没办法。"静子的声音中透着疲惫。

"老师，您都被问到什么了？"坐在未绪旁边的靖子保持着端正的姿势问道。上车以后，她一直保持着这种姿势，两手交叠在膝盖上。

"问的问题多了。你们当时正在演出，只能由我一个人来应付。但我的回答估计没什么参考价值。梶田被杀这件事，我一点线索也没有，因为事发当时，我正在剧场的办公室，无法说明那时的具体情况。"

"梶田老师真的是被人杀害的吗？"亚希子问道。

静子又拿起一支烟点上。"现在还不能断言，但估计是被杀的。不过，他们并没告诉我究竟是怎样被杀的。据说是毒杀，可他好像也没喝什么呀。"

"真是难以想象，"从靖子的声音可以判断，她好像无法理解现状，"竟然还有人恨梶田老师。"

未绪默默地点了点头。

首先来到靖子的住处。她下车后，车继续开往未绪住的公寓。未绪想起了上次加贺送自己回家时的情形。

"是否与上次的案件有关？警察到底是怎么想的？"她向静子询问道。

静子微微歪着头。"他们不会认为这两件事之间无关。"她用低沉的声音说道，"但应该与那件事无关。那件事已经查清楚了，现在只等待认定叶琉子属于正当防卫，然后释放。"

从她的语气看，事情理应这样。

抵达公寓后，未绪回到房间，连衣服都没换便倒在床上。不用高柳静子说，她的身心的确疲惫至极。说实话，她觉得自己今天跳得并不理想，尤其是第三幕中扮演的弗洛丽娜公主，如果没有柳生的协助，肯定会演得一塌糊涂。当然并非只她一人如此，大部分演员都无法集中精力，跳得并不算精彩。观众可能不知道这一点，演员们心里却很清楚。

但亚希子、绀野和柳生三人淋漓尽致地发挥了自己的实力。无论是什么样的情况，他们都能专心致志跳舞，因此才能成为芭蕾舞团的首席舞蹈演员。

如果梶田看了今天的舞姿，究竟会用怎样的语气训斥大家？会说缺乏专业精神，还是会以基础不够扎实为由发火？

但梶田已经死了。

究竟是谁做出这么令人恐惧的事？

未绪翻了个身。据她所知，梶田将一生都献给了芭蕾舞，是一个只热爱芭蕾舞的男人。究竟是谁心生了杀害这样一个人的动机？

未绪还是有点担心叶琉子。

虽然高柳静子那么说，但谁又能断定今天的事与前一案件毫无关联？或许正是某种错综复杂的关系导致了梶田的死。

未绪觉得自己正逐渐被黑暗吞没，不由得陷入不安。

第二天一早就开始下雨，淅淅沥沥，好像要下几天。未绪心生烦闷。怎么偏偏这个时候下雨!

未绪想去排练厅,可楼门紧闭,门前聚集着几个记者模样的男人。记者们发现未绪,急忙跑到她身边要求采访。"你怎么看这件事?""梶田是个怎样的人?""你现在心情如何?"问题不断抛出。她一直低着头,直到开门进去。"喂!说点什么吧。""真是的,你瞧,芭蕾舞团的果然装腔作势……"她不顾后面传来的声音,径直往前走。昨晚高柳静子再三叮嘱过,不要说多余的话。

打开门,加贺正好从办公室走出。他轻抬右手向她打招呼。

"早安。"未绪礼貌地问候道。

"早安。昨晚你受累了,睡得好吗?"

未绪耸耸肩,闭起眼睛摇了摇头。

"我想也是。"加贺皱着眉头说。他有点胡子拉碴的。

未绪心想,看来他们比我们还辛苦。"知道新情况了吗?"她问道。

"没有,什么都没有。方才委托办公室的人帮我们整理梶田的经历。"加贺用拇指指了指办公室,随后将目光移向未绪手边,"好像还挺沉的,我来帮你拿吧?"他说的是她的包。

"没关系,不用麻烦了。"她谢绝后,他也没再坚持。

"以前我就想,你们是不是基本上每天都要练功。上次也是这样,案发第二天也没有休息。"

"是的,的确如此。我们没有休息。"

"一点都没有?"加贺好像很吃惊。

"是的，如果休息一天，落下进度，就需要更多的努力来挽回。"未绪说得很干脆。受的教育一直如此，她自己也这么认为。

"真是相当严酷的世界啊，不，应该说是倾注了那么多的热情。"加贺说完又补充道，"令人羡慕。"

"哦？"未绪看着他的脸，不禁笑了出来。

"怎么了？"他也和颜悦色地反问。

"因为您上次也说过这样的话，说很羡慕。"她指的是加贺送她到公寓的时候。

"我想起来了，好像有这么回事。"加贺挠了挠脸颊，随后又看向她，"但我说的是实话。能为了某一件事投入全部精力，这本身就值得敬佩。虽然这种做法最近并不流行，我还是觉得很了不起。"

加贺目光锐利，但能够看出他想热烈地传达某种情感。未绪直率地答了声"谢谢"，然后点点头，向更衣室走去。途中，她回头看了一眼，发现加贺在目送她。

未绪想，真是个奇怪的人。他带给她至今从没体验过的感觉。

亚希子和靖子已经在更衣室里。看来两个人昨晚都没有睡好。尤其是靖子，眼睛充满血丝。亚希子则喝了五杯酒，起床后一直感到身体不适。

来到排练厅时，绀野和柳生已经开始热身，未绪等人走到他们身旁。

"你们还挺有干劲的。"亚希子向两人说道。

"也不知道为什么,就是非常想动动身子。"回答的是绀野,他已经练得满头大汗,"只要练功,就可以忘掉所有烦恼。"

大部分女团员都表示赞同,盘腿坐在地板上的柳生却说道:"我可不一样。现在我满脑子全是昨天的事。确切地说,是叶琉子的事和昨天发生的事。我没有精力去想别的。"

"我们怎么想也无济于事。"

"是吗?但如果我们不想,谁来想?警察?他们知道什么!什么都不知道。正因为他们无能,所以至今都不能证明叶琉子是正当防卫。"

"柳生,你是不是有什么想法?"也许是听到了刚才的对话,稍远处的靖子问道。

"有。"柳生不由得动了动鼻翼,"我觉得那个风间,就是前两天潜入这里的那个人,很可能与杀害梶田老师的凶手是同伙。"

所有人都愣住了。

"怎么回事?"亚希子问道。

"什么怎么回事,就是这么回事。我觉得那个姓风间的人就是为了杀梶田老师才潜入这里的。不过由于被叶琉子发现,变成了那种结果。"

"你是说,那个人的同伙替他杀了梶田老师?这么说,风间的同伙就在这个芭蕾舞团里?"绀野环视整个排练厅。

"彩排时虽然也有专管舞台设备和照明的人,但我觉得凶手是咱们这里的人。"柳生说这句话时,声音小得只有未绪他们能听到。

"但谁都说并不认识风间。"

听到靖子的话,柳生差点笑出声来。"靖子你依旧是个老好人啊。这不明摆着是撒谎吗?谁也不会说真话。"

"但并没有证据吧。"绀野说道。

"没有,现在是没有,但我一定会弄清真相的。我关注的是美国那边。"

"据说那个风间两年前去过纽约。这一点就连警察也在查。正是在那个时候,我和梶田老师也去了纽约,所以警方肯定会详细调查。"

"那个我知道。"柳生听这种众所周知的话非常无聊似的,故意挠了挠脖子,"绀野你一直是在纽约,但我听说梶田老师还去过别的地方。警察好像是考虑到与风间的关联而一直锁定纽约,可我对此有点异议。"

"你是说在纽约以外的地方,老师和风间也许见过面?"

"这是一种假设,但警察很可能没有想到这方面。我正在顺着这条线调查,如果能够证明风间潜入的目的是为了杀老师,那么叶琉子就会无罪。"

"你这可是在怀疑同伴。"绀野斜睨着柳生。

"别说这种阴阳怪气的话。老师都已经不在了。既然怀疑,就堂堂正正地调查。反正我会做的。为了叶琉子。从现在开始,我会怀疑所有人,希望大家原谅。"说完,柳生起身,一边转圈一边向对面的墙靠近。

绀野看着他的背影。"真厉害。如果将这种精力倾注在跳舞上，无论如何我也比不上他。"他叹了口气。包括未绪在内，所有女团员都一直保持沉默。

到了十点，练习和往常一样开始了。虽然没有梶田，但仍有一名总排练者和三名女教师，另外还有助手，练习并未受到影响，但大家总觉得缺点什么。或许是因为气氛上的紧张度不同，或许是该在的人不在而产生了不协调感。不管怎样，尽快适应这种氛围是高柳芭蕾舞团所有人面临的课题。

练习从利用把杆开始。先是弯曲膝盖的屈伸动作，然后是滑动脚尖，还有用脚尖画半圆。练习一般从右脚开始，然后再左脚重复。

女教师中野妙子来到未绪身边。随着录音机中的曲子，未绪脚的动作准确而娴熟。她觉得今天的状态比昨天好，感觉手脚很舒展。

未绪边想边准备下一个动作，忽然有种鼻塞的感觉，脖子随即变得很沉重。"啊！"她小声喊道。整个头部都昏沉沉的，鼻子不通气，站着也很难受。她打了个趔趄。

"未绪！"远处传来了呼喊声。她感觉有人扶了她一把。她无力支撑，闭上了眼睛。从地板的回音中，她感觉周围的伙伴们跑了过来。

未绪被平放在地板上。有人在把脉。众人的嘈杂声听起来很遥远。

"我没事。"用力说出这句话后,未绪睁开眼睛,感觉有人正担心地看着她。是加贺。把脉的正是他。他怎么会出现在这里?

未绪再度闭上眼睛。只有这样,才能让他不用为她担心。

头昏昏沉沉的。

不久,未绪感觉自己被人抱起来,开始移动,随后离开了排练厅。她的后背感受到手的温暖。

她被平放在沙发上,好像是排练厅旁边的休息室。有人在频繁走动。

"应该没问题。"

忽然听到了声音,是加贺。未绪睁开眼。加贺坐在旁边,他的对面是女教师中野妙子。妙子看着未绪,担心地皱起眉问道:"怎么样?"

"我没事。得去练功了。"她吃力地准备起身,加贺和妙子摁住了她。

"刚刚叫了医生,还是检查一下吧。"

"是啊,别硬撑。不过还好,没事。我还在想,难道连未绪也发生了什么情况。"她好像是说刚才以为未绪也被杀了。

"不,现在还不能放心。是不是以前从来没有过这种情况?"加贺问道。

"是的。"未绪回答。

"练习前是否喝过或吃过什么?就是离开公寓后。"

"没有,什么也没有。"

"现在有没有感到哪儿不舒服？"

"没有。我感觉挺好。"

加贺略显疑惑，思考片刻后，他说："我们还是等医生吧。"

医生很快就到了。是一个戴金丝边眼镜的光头医生，一看就是在小诊所工作的。简单检查后，他叫来了在外面等待的加贺等人。

"有点贫血，可能是劳累过度引起的。"医生说道，"好像睡眠也不足，估计休息一段时间就会好。"

加贺和中野妙子闻言都松了一口气。

"那我先失陪了，还有事要办。"加贺向妙子说道，随即来到未绪身边。"好好休息一下。难得的机会。"他的说法很奇特，未绪不由得笑了笑。

加贺离开后，妙子问道："那个警察是忽然出现的。你还记得吗？"

"忽然出现？"未绪问道。

"当你快要倒下去时，他来得可比你旁边的人都快。一定是一直在外面看着你跳舞。"

"啊……"未绪往上拽了拽胸前的毛巾被。

4

听说梶田康成被杀的那一刻，斋藤叶琉子瞪大了细长的眼睛，表情像冻结了一般僵硬。她慢慢垂下眼睛，不断地摇头。"为什么……怎么会这样？"她喃喃道。

"据说是在最后的舞台彩排时被杀的。目前还不知道详细情况，但恐怕是毒杀。他是被沾有毒药的针刺中的，就像奥罗拉公主那样。"富井说。这位警部有时会使用这种矫揉造作的措辞。

"是谁干出那种事？"

"目前还不知道，所以才来这里。我想你也许知道点什么。怎么样，有什么线索吗？"

叶琉子胸口几度起伏，像是为了调整呼吸。"没有。"她答道，"为什么梶田老师会被杀……我完全没有头绪。"

"是吗……"

富井一边用圆珠笔尖敲桌子，一边观察叶琉子的表情，显然是在凭经验判断她是不是在说真话。叶琉子或许已经习惯了这种情形，她毫无表情地默默低着头。加贺站在富井斜后方，密切注视两人。

这里是石神井警察局的讯问室。富井说想和斋藤叶琉子见一面，随后在加贺的陪伴下来到这里。石神井警察局好像也认为她可能与梶田被杀一案有某种关联。

叶琉子已被羁押了一周多，但并未憔悴。虽然瘦了一点，可脸色还可以。她没有化妆，长发也只是简单扎在脑后，但美丽的容颜丝毫未改。

"听说你完全不认识你杀的风间利之？"

"是的，不认识。"

"听说你杀了风间后昏了过去，梶田和高柳静子正好在那时赶了回来？"

"是的。"

"梶田看到风间时有没有什么反应？"

"您是指……"

"他们之间有没有相互认识的感觉？"

叶琉子思索片刻，还是摇了摇头。

"不，没有那种感觉。这个男的是谁——我记得他马上说了这样的话。"

"这个男的是谁……是吧？"

富井接下来又问了几个问题，然后便朝坐在加贺身边旁听的石神井警察局的刑警点点头。刑警将叶琉子带走后，富井和加贺来到了刑事科的办公室。

富井向刑事科科长说明情况后，胖乎乎的科长边让座边问道："怎么样，有何感想？"

"不好说。依我看，她确实不知道任何有关梶田被杀的线索。"

"哦。"科长好像不太高兴。他本想以此案为契机，将上次的案件一并查清。

也许是推测到这一点，富井询问今后将怎样处理斋藤叶琉子。

"总之，我们要最大限度地利用羁押期限调查风间的情况。我现在非常期待纽约方面的消息。"他之所以这么说，是因为今天早上已经派侦查员去了纽约,是由警视厅、警视厅搜查一科和石神井警察局共同派出的。

加贺和富井回到涩谷警察局的搜查本部时,解剖结果正好出来了。死因果然是急性尼古丁中毒,而且是从背部伤口注入的。那件上衣附着的污痕确实是尼古丁浓缩液,鉴定科对此已经给出报告。

"关于毒针的装置,有没有头绪?"坐得离黑板最近的富井问道。戴黑框眼镜的鉴定科科员拿着粉笔起身。

"从解剖结果来看,背部伤口并不深。针只刺入三毫米左右。因此我们推测,具体情况可能与如下描述非常相似。"他在黑板上画下示意图:在两个圆形板状物之间夹着一粒椭圆形胶囊,其中一个圆形板状物的中间露出一根短针。"这个胶囊中装满了毒药,针尖则连接着胶囊。如果有某种力量挤压这根针,两个板状物中间的胶囊就会被挤破,里面的毒药会通过针流出来。"

在场的侦查员们纷纷点头表示理解。这个方法虽然简单,却十分可行。

"那这个装置究竟会有多大?"富井问道。

"是这样的,从毒药的量来看,厚度在一厘米左右就够用。"

富井用手指比画完大小,随即自语道:"这完全有可能。"

"或许能从毒药和注射针入手。"太田说道。

"有道理,这方面怎么样?"富井望着鉴定科科员。

"从伤口的情况推定,注射针的直径在零点五毫米左右。除了一般医疗中会用到之外,采集昆虫的工具箱中也会有。尼古丁浓缩液想必是将烟叶浸泡在水中制成的。"

"也就是说毒药谁都能做。那么，重点应该放在注射针上。"

"然后需要查明的是梶田上衣的去向。"

听到太田的话，富井似乎想起什么似的点了点头。"对了，这个有眉目没有？"

"综合几名舞蹈演员的话，梶田将上衣晾在后台走廊的时间，好像是从彩排开始到第二幕结束后不久。梶田穿上上衣是在第二幕结束后的休息时间，好像是让一个年轻女演员去取的衣服。因此，应该是在这一段时间内设置的机关。"

"嗯，应该弄清每个人在这一段时间内的行动。"

这也成了从第二天开始需要关注的问题。

随后，侦查员开始汇报梶田的人际关系。从结论上看，他平时的交际范围极为狭窄。除了高柳芭蕾舞团的人以及舞台相关人员，他几乎不与任何人来往。虽然在芭蕾舞学校担任兼职老师，可他只担任高年级的课，而且这些高年级学生也都来公演帮忙。也就是说，彩排时在场的人就是与他有来往的所有人。

"也问过梶田所住公寓的居民，都说平时完全没什么来往，但在碰面时，梶田也会彬彬有礼地打招呼，因此给人的印象很不错。邻居们甚至不知道他是芭蕾舞老师。"

"有没有女性出入他的住处？"

"别说女性，好像从来都没人来过。邻居们都这么说。"

"什么都是'没有'吗？"富井不满地嘟囔道。

在芭蕾舞团总务处听取情况的任务今天由加贺和太田执行。与舞蹈演员们一样，没有一个人说梶田的坏话。警方也调查了梶田的经济情况，并没有值得怀疑之处。梶田同时担任高柳芭蕾舞学校的老师，工资每月都会存入他的银行账户。至今为止，他从未提出过预付工资。

"据说梶田没有亲属？"富井问道，"也就是说，即便他死亡，也没有人可以继承他的遗产或保险。"

"他入了人寿保险，但那好像是为万一受伤而无法教授芭蕾舞准备的。"加贺答道。

"梶田死后，谁会是受益者？"一名侦查员自语道。没有人回答，一片沉默。

"能不能这样考虑？"加贺大胆提出想法，"梶田实质上掌管着高柳芭蕾舞团。他既是艺术总监又是编舞，即便对他的艺术指导和才能不服气，也没有一个人敢顶撞他。但他一旦死亡，情况就不一样了。"

"你是说有人想替代梶田？"太田问道。

"但这有可能成为杀人动机吗？"另一名刑警说道。有人点头表示赞同，也有人陷入沉思。

"那可不一定，特别是在芭蕾舞界。"太田朝向富井说道，"这些人把一切都赌在芭蕾舞上。为了实现自己的主张，完全有可能杀人。"

"你对芭蕾舞界还挺了解的。"富井苦笑道，"好吧，那就由太田和加贺调查这方面情况吧。"

这天晚上离开涩谷警察局后,加贺经由池袋来到大泉学园站。他的目的并不是去高柳芭蕾舞团,而是去舞蹈演员们常去的一家名为 NET BAR 的酒吧。

推门进去一看,店里有五名客人。四人在桌旁,还有一人在吧台旁。加贺点了杯加冰的波本酒,和上次一样坐到吧台前。

"芭蕾舞团的人今晚没来?"

他一问,老板扫了一眼吧台的角落。正在那里喝酒的女人抬头看了看加贺。

"哎呀,"女人说道,"今早可多谢了。"她轻轻低头示意。

是芭蕾舞女教师中野妙子。早上未绪倒下时,她也在一旁。

"是你啊,一个人吗?"

"是的。"

"那了解点情况可以吗?"

"这倒无所谓,但从我这儿可问不出什么。"

"没有,我不是这个意思。"

加贺起身坐到妙子旁边。老板拿来他的杯子。他喝了一口酒,开始进入正题。

听完他的话,妙子左手托腮,微微斜着脸。"梶田的原则?"她的鼻梁很高,容貌很像印度美女。从眼角的皱纹推断,她已到中年,但皮肤几乎不显松弛。加贺觉得这可能是平时锻炼身体的结果。

"原则这个词或许不恰当，也可以说是想法。总之，梶田先生在当艺术总监或编舞时，是以什么为宗旨的？"加贺边斟酌用词边说道。

"你的问题还真有点难度。"妙子皱了皱眉，嘴角却露出笑容。

"虽然在问之前，我并不觉得这个问题有难度。难道这个问题很难回答吗？"

"倒不是。"妙子仍旧托着腮，喝了一口白兰地。她的指甲油是非常醒目的猩红色。"与其说很难回答，不如说是无法回答。说实话，我们团里没有人能够准确把握他到底在想什么。如果非说不可，在他的脑海中，音乐和影像是完美融合的，他所追求的便是将这种感觉通过肢体呈现出来，用眼神来传达出旋律吧。加贺先生，你知道《幻想曲》这部电影吗？"

"迪士尼的？"

"是的，那部电影就是这样。虽有一定的故事性，但它优先考虑的是影像和声音的完美融合。梶田老师非常喜欢那部电影。他想用芭蕾舞的形式描绘那种世界，因此在编舞时，他会完全排除复杂的内心描写。他要求的只有正确的动作。对他来说，舞蹈演员无非是他制作理想影像中的零件。"

"但下面的人没有不满吗？我是说，那些想表现自己的团员难道没有不满？"

"没有出现这种情况。"说完，妙子喝干白兰地，将杯子推给老板。微醺的她语气变得有点不拘小节。"梶田老师的要求非常严格。为了按照他的要求跳，我们已经竭尽全力了，丝毫没有思考别的事情的余地。但按照他的要求跳完后，我们发现效果的确不错，堪称完美。音乐和身体完全融为一体，看着令人心旷神怡。不知想要诉说什么，但看起来感觉非常愉悦，这就是梶田老师舞蹈的特点。由于大家都知道这种完美，也就没有意见。"她刚才放下的杯子里不知何时已经倒满了白兰地。她把酒杯举到嘴边，莞尔一笑。

"看来他是一个了不起的人。"加贺说出真实感想。

"是个了不起的人，不过……"说着，妙子歪了歪头，"他外表看起来只是个普通人，给人感觉是个好大叔。他也非常关心演员，尤其是他喜欢的孩子。"

"喜欢的？"加贺将拿到嘴边的杯子放回原处，望着妙子。

"没有别的意思。"妙子回答道，"对梶田老师而言，既然舞蹈演员是制作芭蕾舞的零件，那么当然是越接近他的要求越好。所谓喜欢是指这个意思。"

"他的要求还挺苛刻的。那么对梶田先生来说，理想的舞蹈演员是什么样的？"

"他不要求内心的东西，因此自然只限于外表。"

"什么类型？"

"首先就要清瘦。"妙子回答得很干脆，"要很瘦，越瘦越好。"

"他喜欢清瘦的？"

"与其说是喜欢，不如说是相信清瘦才是身体经过锻炼的象征。

女性原本应有的丰满身体对他来说只是懒惰的结果。他好像信奉身体纤细才能舞姿轻盈这一理论。"妙子的语气中明显包含着一丝抱怨。

"这么说，身材有女人味的人就要受苦了。"

"那种身材他是看不上的。"妙子从旁边的包里取出一支烟，用银色打火机点上，颇为享受地吸了起来。随后，她再次面向加贺，托起腮。"还有所谓的梶田标准呢。"

"标准？"

"是啊，腿的形状、身材的纤细度、脸形等等。具体来说，就是亚希子那样的类型。她不仅舞技一流，也是最接近梶田标准的舞者。但梶田老师好像还是和她说过，再瘦一点就完美无缺了。"

加贺回想着亚希子。在他的记忆里，她已经够瘦了。

"虽然瘦，但的确很美。"

"作为女人，这样就可以了。"中野妙子说道，"但梶田老师认为，作为舞蹈演员还远远不够。骨瘦如柴是他心中最理想的身材。"

"这样啊。"加贺不由得叹了口气，"那就需要减肥。"

"那是当然的。"妙子认真地说道，"几乎所有演员都在减肥。尤其是想引起梶田老师注意的孩子们，几乎是在绝食。据我所知，他并未强行要求过，一次也没有。但演员们知道他要求什么样的姿容。仔细想一想，这非常危险。既然没有具体要求，演员们就不知道需要减到何种程度。"

"我觉得这可不正常。如果继续下去，肯定会出现很多问题。"

"当然出现了很多问题。这种话我虽不想多说……"中野妙子接连抽了两三口烟。她盯着烟雾的去向,似乎在犹豫该怎么说。"总之出现了理应出现的症状。"她说道。

"营养失调?"

她点了点头。"然后是月经不调、恢复体力的能力下降、受伤增多等等。"

"即便这样,还得继续减肥?"

"她们必须得到梶田老师的认可。"妙子将烟盒和打火机放进包里,"这个话题就说到这里吧。"

"那今后要谁来认可呢?"加贺问道,"梶田先生不在了,总得由谁来继续他的工作吧。"

妙子闻言用力皱了皱眉,嘴角露出一丝轻笑。"艺术总监和编舞等工作当然得由别人来替代,但能不能掌舵高柳芭蕾舞团这艘大船还很难说。"

"那个掌舵者或许就是你。"

"我?别开玩笑了。"她将烟摁灭在烟灰缸里,没再理会剩下的半杯白兰地,起身准备离开,"那么,我先走了。"

"对不起,能不能再请教一个问题?"

妙子正要从加贺身后绕过去,加贺转过椅子叫住她。她转过身来,胳膊肘倚在吧台上。"什么事?"

"关于她的事。她经常那样吗?"

妙子一开始好像没有反应过来是谁。她望着加贺的眼睛,随即明白过来,"啊"了一声,张着嘴点了点头。"是说未绪吧?"

"刚才减肥的话题让我有点担心。"

"这样啊。"妙子垂下目光,眨了眨眼,再次看向加贺,"像今天这样晕倒是第一次,但在练习时,有过两次忽然站住不动的情况。她说有点头晕,但据我所知,她并未过度减肥。"

"哦……"加贺放心地松了口气。

妙子见状,恶作剧般地凝视着加贺。"加贺先生,看来你是爱上她了。"

加贺稍稍避开了妙子的目光,但很快又看向她。"她是一个可爱的女孩。"加贺说得非常干脆,"我看过她演的黑天鹅。说实话,真把我迷住了。"

妙子眯起眼笑了笑。这个笑容比她今晚任何一次笑都迷人。"我会告诉她的。"

"有关黑天鹅的事,我已经告诉她了。"

"那可爱的女孩那句呢?"

"那是只能在这里说的话。"

"真遗憾,我是想告诉她那句话的。"妙子故作失望,"她是个很奇妙的女孩。"说完,她恢复了认真的表情,"看她平时的举止,我觉得她不大适合演黑天鹅奥吉莉亚。因为奥吉莉亚是化作白天鹅奥杰塔公主、企图夺取王子之爱的角色。我常常想,未绪这个女孩的内心是非常要强的。"

加贺回忆起未绪的姿容。演黑天鹅的她和前几天扮演弗洛丽娜公主的她在脑海中交错浮现。"也许是这样。"他说道。

"我会替你保密的。"说着,妙子与老板打了个招呼,背起包走了出去。

目送她走后,加贺又要了一杯波本威士忌。

5

用《天鹅湖》的一段做基础训练。

从右脚尖开始。两脚在空中交叉后,在第五位置结束。第五位置是最重要的位置,要求将两脚向外打开一百八十度。在保持这种姿势的前提下,将一只脚直线并向另一只脚的正面,脚尖要碰到另一只脚的脚跟。用左脚重复后,在第五位置的基础上弯曲膝盖,随后一边伸直一边打开脚,并用脚尖支撑旋转四圈。

整套动作要重复四遍。

今天的身体状况不错,未绪边跳边确认。再也不能发生昨天那样的事。如果接连发生,就会失去他人的信任。

身体很轻盈。天气转好,情绪自然也会好。今早起床后,从窗户看到蓝天时,未绪有一种久违的轻松感。

基础练习结束后是休息时间,接着是排练。二十天后还有《睡美人》的公演。

未绪和靖子一起来到附近的咖啡馆。她们经常在这里吃沙拉等简餐。

"咖啡和——"靖子瞥了一眼桌子上的菜单,"鸡蛋三明治。"

"你要吃吗?"未绪吃惊地问道。

靖子稍稍翘起鼻子答道:"是啊。"

"你中午不是一直只喝咖啡吗?"

"嗯,但从今天起决定吃一点。"

靖子喝了半杯水,细细的喉咙像脉搏一样跳动着。几年前,她还是一个从脖颈到肩膀的线条非常优美的女孩,但经过彻底减肥,她发生了极大的变化。说不好听点,她就像是一具鸡骨架,但这好像就是她希望的体形,她似乎比较满意。

未绪喝了一杯番茄汁,吃了点金枪鱼沙拉。她并没有减肥的意识,而是只有这点食欲。她或许天生就有当舞蹈演员的体质,体重几乎没有变化。高中时就经常有同学说:"你瘦得像要折断了一样。"体重从那时起就没变化。胸部虽然多少有点发育,但也不是很明显。

靖子在未绪面前大口吃三明治,看起来似乎有点意气用事。未绪觉得多少能理解她的心情。

可以说,对梶田强烈的尊敬之情逼靖子经历了超出必要的地狱般减肥。但如今梶田已经不在了,这种行为也就失去了意义。当然,作为芭蕾舞演员,清瘦一点有利于跳舞,这一点并没有变化。但在未绪看来,以靖子为代表的几名舞蹈演员对减肥似乎有点走火入魔。据说她们中还有人使用危险药物。这些人就这样硬把丰满优美的身段折腾成骨瘦如柴的样子。

"但别一下子吃太多……"看着靖子大有转眼之间将食物一扫而光的气势,未绪委婉地劝道。

靖子好像忽然有所醒悟似的停下手,慢慢地将剩下的三明治放回碟子里。"是呀,确实是。谢谢。"

靖子喝掉剩下的咖啡,松了一口气。今天的她不像平时那么开朗,表情中交织着空虚和疲惫。

回到芭蕾舞团时,发现氛围有点异常。两人很快明白了原因。数名刑警在不同地方叫住演员,就地询问情况。

看到未绪和靖子站在走廊,一名男子立刻走了过来,是一名长脸的中年刑警。未绪快速环视周围,没有见到加贺的身影。

长脸刑警自我介绍姓菅原,说想再次了解一下案发时的情况。"其实也没什么,就是想知道那天彩排开始后到第二幕结束这段时间,你们和谁在一起、做了什么等等。"

"这简直就像在调查不在场证明。"

听到未绪嘟囔,菅原也没有畏缩,只是挠挠头说:"哈哈,是的。"然后他拿出笔记本,"怎么样?"

"第一幕时,我在台上演出,稍后的休息时间和亚希子在一起。"未绪说道,"第二幕开始后,我在旁边看演出。"

"那时是否与谁在一起?"

"与柳生在一起。"未绪记得两人看亚希子和绀野的舞蹈都入迷了。

"然后呢？"

"之后的幕间休息时，我也在亚希子身旁。"

菅原边点头边记下未绪的话。接着，他向靖子问了同样的问题。

"我基本上和小薰在一起。我们的出场顺序一样，而且共用一间休息室。"

"基本上？"菅原停下手来。

"就是说几乎都在一起。因为不可能连卫生间也一块去吧。"

"这倒也是。"

菅原又问起彩排前把杆练习时的情况。靖子说自己在把杆练习前已经去了舞台，未绪则说和亚希子在一起。

"明白了。多谢。"菅原向两人道谢后，走向其他演员。

"为什么要问这些问题？"

"是啊，为什么呢？"靖子也一脸疑惑。

两人走进排练厅做热身运动。当所有人都到齐时，总务处主管坂木和高柳静子走了进来。

坂木宣布梶田的守灵仪式从第二天傍晚开始。静子表示，希望练习结束后有时间的人尽量都去参加。

"大家去露个面就可以。"坂木向大家使眼色。

通知完毕，两人准备离开排练厅，但走到门口，坂木叫了柳生的名字。柳生应声后，坂木说："你说的那个资料已经准备好了，就在办公室。向安本要就可以了。"

"麻烦您了。"柳生回答道。

"什么资料？"静子问道。

坂木斜睨着柳生。"梶田两年前去纽约时，为了学习，还去过华盛顿和加拿大。柳生说想看看那时的日程表和记录等。"

"其实没什么太大的意义。"柳生好像有点慌张，摆了摆手，"我一直也想尝试一下那种学习，所以想向梶田老师了解点详细情况。但现在不是不可能了嘛。"

"这样啊。"静子用冷漠的眼神看着柳生，显然并未完全相信他的话，"那倒也无妨。"她说道，"但在这种敏感时期，最好别惹麻烦。"

"是啊。说起纽约，警方为了调查，已经派人去了那里。"坂木也说道。

"我知道了。"柳生低头回答。

静子很快走出了排练厅，坂木跟在后面。还没等柳生回过神来，就传来了芭蕾舞老师的声音："那我们开始练习吧。"

五点整，练习结束。由于换衣服费了点时间，未绪最后一个走出更衣室。这时，她耳边传来了孩子的声音："啊，是姐姐。"

未绪抬头一看，玄关处站着略显老态的一男一女和一个小学低年级男孩。未绪不由得张大了嘴，说了声"您好"。那两人是叶琉子的父母。

"我们几天前也来过这里，但杂事太多，没时间与你见上一面，真对不住。"叶琉子的父亲政夫礼貌地低下头发花白的脑袋。他的表情还是和以前那样稳重，但与上一次见面时相比憔悴不少。

"您千万别这么说。今天怎么来了？"

"是这样，我们是来看叶琉子的。警方刚刚允许我们见她了。"

"怎么样？她还好吗？"未绪赶紧问道。

"嗯，比想象的好多了。一说拘留所，我们以为肯定会被刑警折磨，但好像并不是这样。我们也放心了。"

政夫说完，叶琉子的母亲广江也点头表示赞同。她忽然显得很苍老，也许是因为担心而长期失眠所致。

站在他们身后的是加贺。未绪看到他，觉得有点不可思议。

"这位刑警先生叫了出租车将我们带到了这里。"广江说道，"他说反正顺路。"

夫妻俩又一次向加贺道谢。加贺似乎有点不好意思，对未绪说道："我有点事想问你。"

这时，高柳静子从里面走出来迎接斋藤夫妇。"上次多谢了。"听政夫的话，想必他们应该与静子见过几面。

静子想把他们带到会客室，未绪便说："由我来照看孝志吧。"孝志是斋藤夫妇长子的儿子，即叶琉子的侄子，未绪见过几次。

夫妇二人一度推辞，但孝志好像希望如此，二人便一边道谢一边同意了未绪的提议。

"孩子的爸爸出差，妈妈为了生第二胎回了娘家。没办法才把他领来的。"政夫辩解般地说道。

夫妇去了会客室后，未绪问孝志："咱们玩点什么呢？"孝志略一踌躇后说道:"我想去一个地方。"

"想去哪儿?"

"西武球场。"孝志答道。

"西武?"未绪吃惊地反问道,"棒球的?"

孝志使劲点点头。"叶琉子姑姑带我去过。"

"是吗?但有点难办。我不太了解那里。"

"其实很近的。"

"好像不远,可我毕竟没去过呀。"

"我陪你们去吧。"忽然从旁边传来声音,是加贺。他看着手表说道:"现在还有充足的时间。今天晚上应该是西武狮队和日本火腿斗士队的比赛。"

"太好了!我想看。"孝志喊道。

"但这样会给加贺先生添麻烦的。"

"没关系,但我有件事想问问。"

"那倒无所谓……"

"就这么定了。"

说完,加贺用力将手放到孝志头上。

穿白色队服的队员击球后开始奔跑。对方的队员则追着球跑。选手和球交错而过。当跑垒员跑进本垒时,旁边的孝志拍手叫好。

未绪有生以来第一次来到露天球场,这里比她想象的色彩更丰富。人工草坪呈鲜绿色,队员们的制服也鲜艳夺目。混合光线虽然耀眼，但稍微往上看，便是一片漆黑。

三人坐在三垒的内场指定席。买票时，加贺对孝志说："如果有一垒的位置就好了。"但未绪并未听懂这句话的意思。

未绪看了一眼右边的加贺。他注视着球场，双手紧握。每当击球的声音传来，他叫声好后便握紧拳头，敏锐的目光移个不停，最后又拍打膝盖连连咂舌。

没过多久，加贺察觉到未绪的目光，立刻有点惊慌地避开了，然后害羞地露出笑容。"我像个傻瓜吧。"他说道。

"看来您很喜欢棒球。"

"并不是特别喜欢，但看着看着就来劲了。什么比赛都是这样，无论是相扑还是冰球。"

"您还看相扑和冰球？"

"在电视里，因为根本没时间去现场。"

卖啤酒的小贩走了过来，加贺叫住他，并问未绪要不要喝点。未绪婉拒了。

小贩熟练地将罐装啤酒倒进大纸杯递给加贺。加贺从裤兜里掏出一张皱巴巴的千元纸币，又将收到的零钱直接放进裤兜。未绪第一次见到现金不放在钱包里，而是直接从裤兜里掏出来的人。

他津津有味地喝着啤酒。未绪仔细环顾周围，到处都是喝啤酒的观众。其中还有不知喝了多少，从座位上滑落后打起瞌睡的上班族。

"竟然跑到这里来睡……"未绪说起睡觉的人。

"那有什么的。"加贺似乎觉得没什么大不了,"那个人是为了喝醉后睡觉才来球场的。比赛对他来讲无关紧要。只要偶尔睁开眼睛时看到棒球赛就足够了。"

"这有意思吗?"

"有没有意思我不知道,大概这样能够解压吧。大部分人是为此才来球场的。大声起哄或助威往往能消除郁闷情绪。球场来这么多人,说明不少人都感到郁闷。"

"这样的人不会看芭蕾舞吧?"

"恐怕不看。"加贺回答得很干脆,"能够欣赏芭蕾舞的人,无论是在精神上还是物质上都很富裕。遗憾的是,大部分国民并不具备其中任何一点。大家都累得要命。"

"为什么那么累呢?"

"因为社会结构就是这样。器械体操中不是有金字塔造型吗?做这种体操时最难受的就是最底层的人。"

真是非常巧妙的说明。未绪佩服地点了点头,看向球场。不知何时,攻守已经发生了变化。

"我以前就想问你。"加贺问道,"你们对芭蕾舞以外的事感兴趣吗?"

"不。"未绪答道,"我们没有多余的时间关注别的事,自己的事都忙不过来……所以我觉得今天能到这里看棒球太好了。将来什么时候还能有这样的机会,就不好说了。"

"听你这么说我就放心了。"加贺露齿一笑,喝干了啤酒。当纸杯离开嘴唇时，嘴边还沾着一点白沫。

比赛以西武狮队的胜利结束。比赛中，两队都有过数次取胜的机会。每当这时，双方便激烈拼争，结果失误较少的西武取得了胜利。未绪不太懂棒球，但听了加贺和孝志的说明，她明白了不少从未看懂过的动作。此前，她并不知道为了让击球员出局，什么时候必须和对方接触，什么时候则不必这样做。

另外，她至今并没有特别喜欢的球队，但比赛结束时，她不由得喜欢上了西武狮队。因为周围的观众基本都支持西武，而且旁边的孝志还介绍了队员们的特点、近况和与对方队员的竞争力等详细情况。孝志甚至记住了喜欢的队员的生日。

当西武狮队的投手将日本火腿斗士队最后的击球员牵制出局时，未绪也不由得拍起手来。说实话，她之前甚至不知道有这样一支球队。

明星球员正在球场上接受采访，观众席上的助威团还在唱歌。未绪等人听着歌声离开了席位。

"啊，真好玩。秋山的本垒打可真棒。"孝志对加贺说道。

"那不算什么。上次我看过更精彩的。乍看起来像是左侧平直球，结果直接打到了看台上。打得游击手都跳起来了，可还是没接住。"

"你撒谎。"

"真的，这一球实现了大逆转。"

"是吗？"孝志仍然半信半疑。

看到加贺暗笑，未绪觉得他应该是瞎编的。但他的谎话究竟哪儿编得精彩，未绪全然不知。

三人从西武球场前乘上去往池袋的快车。叶琉子的父母住在池袋的宾馆，未绪和他们约好，比赛结束后就会将孝志送到那里。

电车里非常拥挤，转身都很困难。未绪问道："坐电车上班的人每天都是这样吗？"

加贺瞪大了眼睛。"上下班时电车可不是这样。比这挤多了。"

"比这还拥挤？"

"程度加倍，可以说不是人坐的车。有时被挤得脸都变样了，背着的包下车时挤得扁扁的。"

"这么惨。"

"前些日子因为有事，我在上班高峰期坐过一次小田急列车，从町田到新宿，脚都没有地方放。"

"是吗？"未绪吃惊地张大了嘴，但看到之前一脸认真的加贺表情有所放松，她向上瞥了他一眼，"是……谎话吧？说的像真的似的。"

"我是想形容有多挤。这也是你不知道的现实之一。"

这时，车体咣当一声摇晃了一下。未绪一踉跄，加贺立刻扶住了她。未绪也毫不犹豫地抓住了他的手腕。

来到宾馆，未绪在大厅往叶琉子父母的房间打电话。接电话的是广江，说马上就下来。

"下次再去看棒球吧。"等待广江时，孝志说道，"下次想看清原的本垒打。"

"下次带着叶琉子姑姑一起去吧。"未绪说道。

"但是……"孝志抬眼看着两人,"叶琉子姑姑不是回不来吗?"

未绪一时无言以对,便转向加贺。加贺稍皱眉头,马上又恢复了稳重的笑容。"没事。"他说道,"会回来的,一定。"

"是啊。"未绪弯下腰,将手放在孝志的肩膀上,"绝对没问题,我保证。"

"真的吗?"

"当然是真的。"未绪严肃地说。

不一会儿,广江来到楼下。她向未绪和加贺恭敬地弯腰施礼。

走出宾馆后,未绪和加贺两人在夜色中朝车站走去。谈话不知为何中断了,或许是受到孝志最后那句话的影响。无论嘴上怎么说,在叶琉子一事上,未绪和加贺的立场恰好相反。

到了车站,加贺立刻用自动售票机买了两张票。他边递给未绪票边说:"我送你吧。"未绪默默地点了点头。

"在此之前,"加贺说道,"去喝点什么吧?有些累了吧。"

"好的。"这次未绪出声回答了他。

两人进入一家离大路稍远的咖啡店,这是家小店,有几张桌子和一个小吧台。店内的装饰灯做成了煤油灯的样子。两人来到最里面的一张桌前相对坐下。加贺点了咖啡,未绪点了肉桂红茶。

"不放糖是为了减肥吗?"看到未绪直接喝起红茶,加贺问道。

"不,不是这样……我从来都不放糖。"

"哦。"加贺开始喝咖啡,他也没有放糖,"我以为跳芭蕾舞的人都在减肥,因为每个人的身材都那么苗条。听说这与梶田先生有关。"

"有些人确实是那样。"未绪答道。

"听说过度减肥有不少负面影响,这一点大家是怎么想的?"

"这个嘛……"未绪略加思考后说道,"只要能够在舞台上跳舞,大家多少都要忍耐一些。"

加贺频频点头。忽然,他像是想起了什么,注视着未绪的眼睛。"在很多方面,你也不得不忍受吧?"

"在一定程度上确实……"未绪避开他的眼神,但很快又看向他,"在一定程度上必须忍受。如果不这样做便跳不出完美的舞蹈,甚至也可能不知什么时候就会再也上不了舞台。"

"估计也是。"加贺喝着咖啡叹了口气。

"那个……"未绪说道,"今天非常开心,多谢。"

"不必客气。说实话,得到放松的应该是我。"他又拿起咖啡杯,但发现杯子空空,便将水杯里的水喝掉一半。

"您说您喜欢决定胜负的比赛,不知是否学过什么运动?"未绪问道。她想起了球场上的对话。

"我?"加贺似乎有点踌躇,转着眼睛说道,"学过一点剑道。"

"啊,这么说,我好像听说过当警察的都学剑道。"

"不,我是从小学就开始学的。"

"一直?"

"可以这么说。"

"那一定很厉害了，有段位吧？"

"有。"加贺舔了舔嘴唇，又拿起杯子。刑警竟会如此害羞，恐怕很少见。

"是几段呢……啊，问得太详细了，失礼了。"

"不，没关系。是六段。"

"六段？"未绪张口结舌。她原以为剑道达到二段或三段已经属于高水平。忽然听到六段，她无法想象那是什么程度。

"其实也没什么了不起的。"他似乎察觉到了她的想法，"这只是长时间练习的结果，并没什么价值。真的，无论是谁，只要练习二十年，都会达到六段。也有人都老态龙钟了，还能达到九段、十段……这有什么奇怪的吗？"

加贺之所以反问，是因为说到一半时，未绪笑了。

"因为加贺先生您好像是在辩解。明明不是什么坏事啊。"

加贺用食指蹭了蹭鼻子下面。"我是怕得到过高的评价。"

"但是很了不起啊。您以前说过好几次，能专心于一项事业的人令人羡慕。您不也一样吗？"

加贺露出一丝苦笑。"我可不一样。"他说道，"我无非是基于一种惰性。已经当了警察，就不能放弃了。"

"但还是很了不起。"

未绪又说了一遍。加贺沉思般地闭上眼睛微笑道："谢谢你。"说完，他又要了一杯咖啡。

"加贺先生,您是从小就决定要当警察的吗?"

在等待咖啡来时,未绪问道。从表情来看,加贺对这个问题感到意外。"为什么问这个?"

"为什么……我觉得好像是这样。如果我问了不该问的问题,我现在就道歉。对不起。"未绪将双手放在膝盖上,低下了头。

"不,不必道歉。"加贺露出苦笑,"是啊,小时候确实想当警察。"

"我果然没猜错。"

"但想法逐渐有了变化。你想知道我当警察前的工作是什么吗?"

"您不是一开始就当的警察?"未绪吃惊地问道。她感到意外。

"大学毕业后,我当过中学老师。"

"老师?"由于未绪音量过高,周围的客人都看向他们。她缩了缩脖子,"对不起,"她小声说道,"您肯定是一名很受欢迎的老师。"

"学生时代的女朋友也这么说。但现实却不同。我作为一名老师是不合格的。我深信自己所做的一切都是为了学生,不过没有一件给他们带来好处。"

"您做了什么?"

"就是说……只要认为对学生有帮助,我都做过。"加贺紧握空杯。他的思绪或许都凝聚在手掌上,玻璃杯壁泛起一层白雾。

回去的西武线同样拥挤。在池袋车站目送一辆挤满人的电车离开后,两人乘上一班慢车,并肩坐下。

"梶田老师的案子怎么样了?"未绪小心翼翼地问道。

"我们正在尽最大的努力。由于调查的关系,看来暂时还得打扰你们。"

"听说老师被注射了毒药,这是真的吗?"

加贺略一踌躇后说道:"是真的。"

"说是安装在上衣上……"

加贺轻轻点了点头。他环视周围的乘客后,将脸靠近未绪。一股淡淡的护发素香味飘来。"你们周围有没有能弄到注射针的地方?"与此前不同,他的表情相对严肃。

"注射针?"

"是的,是否见过谁有这种东西?"

未绪回想芭蕾舞团内的场景,又忆起去同伴们房间时的情形,但觉得并未见过注射器。她如实说出,加贺闻言后说道:"那就好。"

加贺将未绪送到公寓门前,随后反复道歉,表示耽误了未绪的时间。未绪则说没关系。

"反正回来也是一个人,而且今晚玩得很愉快。"

"我也一样。"

"下次能让我看看您练剑道吗?"

未绪话一出口,加贺顿时垂下了视线。虽然是个微小的动作,但在未绪看来,这好像触及了最敏感的问题。

"下次,"他说道,"一定。"

未绪点点头，走向公寓入口。

6

将未绪送到位于富士见台的公寓后，加贺打车回到住所。身体理应很疲惫的他今晚爬楼梯时并未像往常一样感到吃力。他自认为这是情绪高昂的结果。至于具体原因，他心中自然有数。

拿了晚报后，加贺走进房间，首先检查电话录音。只有一条留言。与未绪在一起时，他也几次与搜查本部联络，传呼机也没有响过，因此肯定不是来自搜查本部的。

加贺摁下键，首先传来了咳嗽声。他马上明白了是谁的留言。

"是我。"父亲沙哑的声音从扬声器中传来，"没什么大事。"接着是片刻的沉默。父亲总是这样。"小田原的伯母想给你介绍对象，拿来了照片。这就给你寄去，记得一定要回信。听说是幼儿园老师。"

加贺看着电话叹了口气。又是相亲。

"另外，以前好像和你说过，朋友家孩子引发的交通事故，目前协商得不是很顺利。我答应帮他一把，今晚就出去办这件事。有急事你就打×××-××××。就这些。"

加贺咂舌抱怨道："什么有急事！"他不可能找父亲有急事。

他拿起话筒拨打父亲家的电话。响了三声后，传来了答录机的声音:"我是加贺。现在外出,有事请留言。"语气十分生硬。

"我是恭一郎。"加贺对着话筒说道,"即便过去当过警察,也别多管闲事。另外,相亲的事帮我拒绝吧,对象我自己找。就这些。"他说着放下电话,随即就对加上"就这些"一句感到后悔,因为那也是父亲的口头禅。

第二天,警方在涩谷警察局的会议室召开了会议。侦查员们依次介绍了调查结果,但几乎没有进展。不仅犯罪动机依旧无处可寻,也没找到有力的证据。究竟是谁弄湿了梶田的上衣,这一点仍未查明。

"团员各自的不在场证明怎么样了?"富井焦急地问道。

"实在很难查清。不仅是正式演出,在彩排时,舞蹈演员和后台相关人员一刻不停地进进出出,现场非常混乱。在这种情况下,他们无法提供自己的不在场证明。"瘦长脸的科长无奈地说道。

"如果只考虑往衣服安装毒针的时间段,范围太大了。在此之前梶田的上衣不是已经湿了吗?这肯定也是凶手干的。有关这方面的不在场证明呢?"

"这方面有点眉目。简单地说,梶田脱掉上衣前已经来到舞台,从那时直到发现上衣被弄湿,这段时间内没有离开舞台的人就具备了不在场证明。"说着,科长开始念名字。一共有六人。

"那就是说,这些人没有犯罪嫌疑。但怎么才六个人?"不知是谁开口说道,语气明显非常失望。

"但还是有进展，这一点不能否认。"富井敲了敲会议桌，用手掌擦了擦油光发亮的脸，"嫌疑人就在这几十人当中。逐渐缩小范围的话，肯定会有结果。"

问题是究竟该用什么缩小范围的手段，目前还没有找到。

负责调查注射针的侦查员们好像也没有收获。药店一般不出售注射用的针，销售这类商品的店铺非常有限。尤其是最近，由于注射针与毒品管理问题关系密切，销售的审批极为严格，因此调查工作进行得比较顺利，但至今并未得到与这次案件有关的任何信息。

"采集昆虫的工具箱中有时会有玩具注射针，因此现在也正对玩具店进行调查。但如今经营这类物品的玩具店好像也不多。仔细一想，既然没有昆虫，这类玩具也就卖不出去。"负责收集注射针信息的榊原说道。

不知谁说了一句"那倒也是"，会议的气氛顿时缓和下来。

"没想到注射针这个东西还挺难弄到手啊。"富井陷入了沉思。

"对从事医疗工作的人来说并不难，因此正在调查所有嫌疑人是否与医疗工作人员有关，但目前还没有找到。"榊原说道。

"不是也有人直接从医生那里要来安瓿自己注射吗？嫌疑人中有没有这么做的？"

听到其他侦查员的问题，榊原摇了摇头。"现在正在调查，但还没有发现。另外，医生不会允许外行人自己注射，除非有护士资格证，或是周围有持证的人。黑社会的人有时会自己注射毒品，但尚未发现有团员与这样的人有关。"

"但凶手确实用了注射针。如果不是一直有这个东西,就肯定是从哪儿弄到的。用不用稍稍扩大调查范围?"

"不,没必要。"老练的刑警们正在议论,加贺发言了。

大家的目光集中到他那里。"为什么?"富井问道。

"我想过凶手为何会采取这种杀人方法。"加贺说道,"采取这种方法,凶手不必直接下手,即使失败也不会被怀疑。更为重要的是,这个方法对凶手来讲是最简便的。所谓简便,就是指没有必要花费很多精力准备。舞蹈演员就不用说了,即便是普通的幕后工作人员,为了准备这次公演几乎都没有休息。如果为了得到一支注射针而出远门,或者需要复杂的步骤,那凶手一定会考虑其他方法。"

"我知道你想说什么,但你认为凶手究竟是通过什么方法弄到了注射针?"富井说。

"我想可能存在盲点。"加贺回答道,"在附近就有容易弄到手的地方。"

"正因为不知道这一点,我们才焦头烂额。"不知从哪里传出声音。

富井制止后总结般地说道:"好,关于这一点,大家再仔细检查一下是否有疏漏。"

虽然讨论很热烈,但这一天的会议并未得出令人满意的结论,只能继续调查梶田的经历和人际关系,还有毒针的来源。

加贺和太田决定调查梶田和风间利之的关系。在艺术圈里，会不会有人与梶田有竞争关系？针对加贺的推论，调查继续进行。

这天，两人首先来到石神井警察局。为调查风间在纽约的生活而前往美国的侦查员已经传回信息。

"可能没有太大的参考价值。"搜查主任小林边看写在稿纸上的报告边说，"根据那边的调查，风间很少和日本人交往，交际范围只限于美术学校的同学。但据当时的朋友说，他的朋友中好像有一个日本人。"

"是谁？"加贺问道。

"遗憾的是不知道名字。风间向其他朋友介绍过一两次，但几乎没人和这个日本人说过话。不知是酒精中毒还是有什么病，总之是个脸色不好、眼神混浊的男人。"

"高柳芭蕾舞团那时有两个人在那里，一个是梶田，另一个是绀野。但从刚才的表述来看，和这两个人都不像。"

"是啊，所以正在寻找这个人的下落。"

"能找到该多好。"

从太田的表情来看，他似乎并未抱什么期望。搜查主任也愁眉苦脸地点了点头。

"风间的周边环境是否有和高柳芭蕾舞团有关的消息？"加贺转换话题。

"好像没有。虽然附近是纽约芭蕾舞团，但那家伙从来没提过。"

也就是说，至今为止，仍然不知道风间利之为何潜入高柳芭蕾舞团。

加贺和太田来到池袋，前往风间的女友宫本清美打工的时装店。那家店在离车站不远的时尚大厦三楼。

两人来到店里，清美正和另一个店员说话。店内没有客人。加贺打招呼后，她转过身来，表情似乎在说"原来是你"。

"是警察。"清美向同伴介绍道。随后她看着加贺问道："不知有何贵干？"好像并没有反感。

"有点事想问你。"

清美闻言点了点头，和同伴说了些什么，对方也低声回答着。随后，清美小声笑了笑，说了声"拜拜"，便走到加贺和太田面前。

"我只有三十分钟时间。有一家店的蛋糕特别好吃，去那儿吧。"清美说得很快，然后就拉着加贺的胳膊走向店外。

她推荐的店就在大厦内，蛋糕的种类确实很丰富。环视店内，几乎都是年轻女孩，这让加贺他们有点坐立不安，但清美好像完全不在意，吃着酸奶果子挞。她穿着黑色迷你裙，透过玻璃桌面，可以看见她跷起的二郎腿，这也让加贺他们有点不好意思。

加贺将梶田的照片拿给她看，她立刻摇摇头，说完全不认识，也从未听说过梶田。

"希望你仔细想一想。"太田说道，"你的男友在纽约时，这个人也在纽约。如果他提过这个人的名字，应该是在他刚从纽约回来的时候。"

清美似乎有点不愉快，不由得皱了皱眉头。"我确实没听说过。

他很少说自己在纽约时的情况。"

"为什么没提过呢?"加贺问道。

"不知道。"她耸了耸肩,"也许是嫌麻烦吧。"

"那好,不是梶田这个名字也可以。有没有听说过他在纽约认识的日本人的事?"太田换了一个角度问道。这是根据在石神井警察局听到的消息来问的。

"没听他说过。"清美摇了摇头,但就在这一瞬,她的表情出现了微妙的变化。

"是不是想起了什么?"加贺问道。

"也许完全无关。"她事先声明道。

"没关系。"加贺和太田饶有兴趣地说。

"他回来后没多久,有一次忽然让我给他当模特。"

"模特?裸体吗?"太田问道。

清美皱了皱眉说:"不是,但穿得不是很多。"随后她吐了吐舌头。

"以前从没当过模特吗?"加贺问道。

"没有,他画的不是那种画。"

"那为什么那时需要模特呢?"

"不知道。"她摇了摇头,"有一次我们两人待在房间里,他忽然说:'喂,清美,你靠那边站一下。'我按他的要求站好后,他好像在素描本上画了什么,但很快又不画了。"

"为什么?"

"刚开始他说：'还是模特不行。'很过分吧？看我生气了，他笑着道了歉，然后自语道：'如果我离开日本，把自己逼得走投无路，是不是也能画出好画呢。'那时我忽然想到，他可能在那边受了谁的影响。"

"这样啊。"太田望向加贺。加贺点头回应。是个值得注意的话题。

从清美那儿了解到的情况只有这些。走出店门，清美问加贺："那件事什么时候才能有结果？"她问的是风间死亡一事。"他绝不是为了盗窃而潜入的。刑警先生，求你了，好好调查一下。"

"知道了。"加贺说道。

一直表情认真的清美，终于有了点笑容。"刚才店里的朋友说，你是个很有魅力的刑警。我也期待你的调查结果。"说着她挥了挥手，离开了。

目送她走远后，太田叹了口气。"不知道是情绪波动快，还是轻浮，真是个让人搞不清楚的姑娘。"

"但她有她的敏锐之处。刚才听她转述风间的话，似乎是在暗示某个人的存在。"

"你是指风间在纽约见过的某个人？"太田正说着，西服口袋里响起了提示音，是传呼机。他慌忙打开。"难道有什么情况？"他说着环视四周，看到电梯旁边有公用电话。

太田打电话时，加贺回味着清美的话。风间为什么偏偏在那时要她当模特？这是不是意味着给予他某种影响的人也画过那样的画？

风间在纽约接触过的日本人忽然变成了一个重要线索。

加贺想到这里时，太田打完电话回来了。从他的表情可以判断，情况发生了重大变化。果然，太田说道："快去高柳芭蕾舞团。"

"发生了什么事？"

"又是一起案件。这次的目标是柳生讲介。"

第三章

1

加贺和太田到达高柳芭蕾舞团时还不到下午三点。石神井警察局的侦查员们已经开始进行现场勘察,从负责梶田一案的搜查本部派来的几名侦查员也已经赶到现场。

石神井警察局的小林警部补倚在走廊的墙上,望着正在工作的鉴定人员。加贺走近问道:"柳生呢?"

"送到医院去了。估计没什么大碍。"

"其他人没喝过吧?"

"没有,毒好像是往柳生自带的水壶里放的。"

"毒药的种类是什么?"

"还不清楚。"

小林明显不大高兴。前一起案件还没有明显进展,他们辖区内又发生了案件,心情不好也是理所当然的。

加贺看了一眼排练厅。演员们好像无所事事,但在这种情况下又不可能练功,有人在地板上做柔软体操,有人抓住把杆轻轻地活动身体,也有人蹲在地上垂着头一动不动。

浅冈未绪心不在焉地站在镜子前。加贺注视她时,她似乎也察觉到了他的视线,转过脸来。他轻轻点了点头,意思是说不必担心,但他也不知道她是否注意到了这一小小的动作。

"柳生的水壶里装的是什么?"加贺问小林。

"今天装的咖啡。"说完,小林让年轻刑警把水壶拿过来。

"今天指的是……"太田在旁边问道。

"柳生总是自己带饭。饭不同,搭配的饮料也不一样。今天带的是三明治,因此配的饮料是咖啡。"

"如果带的是红日盒饭[①],那就得配日本茶了。"太田说道。

"是啊。但红日盒饭之类的,他们可能连听都没听过。"小林面带一丝苦笑说道。

年轻刑警拿来水壶,小林将它递给太田。水壶装在一个很大的塑料袋里,据说已经采过指纹,但加贺等人还是戴上手套。

"闻起来是咖啡。"太田取下盖子闻了闻说道。水壶是不锈钢防震壶。

"很好闻吧?谁也不会想到里面有毒。"

"但的确有毒吧。"

---

①在米饭中只放入咸梅的盒饭。

"是啊。要不要喝点试试?"

"不,算了。"

太田将水壶递给加贺。加贺注意到水壶盖里面有点湿,便说道:"好像是用壶盖喝的。"

"好像是。"太田点了点头。

"是什么时候喝的?"

"午间休息时,时间是两点左右。有几个目击者,所以当时的情况很清楚。柳生在休息室准备吃饭,他先喝了咖啡,但好像马上察觉到了什么,只喝了两三口,就说感觉味道不对。他一脸疑惑地准备拿三明治时,忽然觉得难受,随即倒在地板上,说胃和头都疼,不仅脸色苍白,还出了不少冷汗。在场的人都吓了一跳,赶紧叫人,赶来的总务处职员马上联系了警察和医院。一般理应先叫医生,然后再联系警察,但最近毕竟发生了很多事,不得不这样处理。"

太田不禁感叹,无论什么事,只要发生几次,人们很快就会适应。

医生立即诊断出是中毒,便让柳生吐出喝下的饮料,并让他闻了点氨气以刺激神经。经过一番救治,柳生的呼吸恢复了正常。这时,警车也来了。

"柳生只喝了咖啡吗?"加贺一边盖上水壶盖一边问道。

"对,手里并没有三明治。"

"水壶之前放在哪里?"

"更衣室中柳生的衣帽柜里。但衣帽柜并未上锁。"

"真是不太平啊。"

"他是相信同伴的。"说完,小林又更正道,"不,应该说曾相信过。"这种更正如实表现了今后高柳芭蕾舞团内的变化。

太田去看更衣室,加贺则来到排练厅。这里平时都交织着热气和汗味,今天却有点凉飕飕的。演员们身上也都披了衣服。

加贺进入排练厅,但没有一个人有反应。这或许就是太田所说的惯性的一种。唯有未绪用黑色的瞳孔迎接了他。

他毫不犹豫地走近,清清嗓子后低声说道:"吓坏了吧。"他其实很想说"昨天多谢了",但又觉得实在不适合在这种场合说。

未绪并未点头,只是垂下眼帘。她眼圈周围有些发红,脸颊到脖颈毫无血色,还有点泛白。

"他……柳生先生,每天都自带水壶吗?"叫柳生"先生",加贺有点抵触感。他想起了柳生那挑衅的眼神。

"是的。几乎每天都带。"未绪答道。

"所有人都知道这件事吗?"

她转动眼睛环视周围的演员。"我想几乎所有人都知道。"她答道,"但研修生和从芭蕾舞学校来帮忙的人也许不知道。"

加贺能够理解她的说明。他也像她那样环视排练厅,随即察觉到演员们异常安静。这些人开始默认凶手就在他们中间。

"他一般都是在午休时喝水壶中的饮料吗?"他用低沉的声音继续问道。

"是的。"未绪的回答很干脆,"上午练习前,我从没看见过柳生喝什么饮料。"

这么说,凶手是在柳生从更衣室出来到午休的这段时间里往水壶里投毒的。

"我们换一个话题。"加贺说道,"练习中途溜出排练厅是不是很难?"

这个提问暗示着凶手就在演员中间,但未绪对此已没有过度反应。"偶尔会有人去卫生间,但很少。"

"今天呢?"

"我记得没有。"

即便有,加贺认为出去的人就是凶手的概率并不高。如果那样做,很容易被人怀疑。那么凶手就是在练习开始前潜入更衣室下毒的。加贺很想问未绪对柳生遭人暗算有没有线索,但又觉得在这种场合问此事过于粗心大意,便就此向她道谢,离开了排练厅。

加贺来到更衣室时,鉴定人员刚刚采集完指纹。更衣室大约有三叠大小,进门后,左边靠墙有十个衣帽柜。加贺向旁边的年轻侦查员询问柳生衣帽柜的位置,对方随即指了指眼前的新柜子。"就是这个。"

"可以使用衣帽柜的,据说仅限于有相当资历的人。"声音忽然传来,加贺回头一看,太田正站在入口处。"就柳生来说,如果让他跳舞,可以说属于准主角级别,但从资历来讲,勉强排在第十位，刚够资格使用衣帽柜。"

加贺点了点头，继续向里走。最里面的衣帽柜是梶田的，旁边则是芭蕾舞老师的。绀野的衣帽柜也仅在中间靠前的位置。

房间最里面有扇窗户，透过窗户可以看见绽放的杜鹃花。加贺察看了窗户上的锁。

"并没有打开过的痕迹。"太田像是察觉到了加贺的想法，来到他身后说道，"窗户缝隙中的灰尘并没有变化，如果打开过，一定会留下痕迹。"

"如果凶手是公然进出这里的，嫌疑人就仅限于男演员了。"

"是啊，但很难断定。据说男演员换衣服比女演员快得多，换完后就去排练厅。也就是说在这里没有人时，隔壁的女更衣室里还有很多人。因此也存在某个女演员趁机悄悄潜入投毒后，趁人不注意溜出去的可能。"

"可以说是相当大胆的犯罪。"

"这次的凶手真胆大呀。"太田进一步压低声音说道，"虽然不知道具体动机是什么，但想在这种场合杀柳生，肯定不是胆小鬼。不管怎样，嫌疑人的范围可以说缩小了不少。"随后太田又补充道，"大胆是女性的特征。"

这天晚上，警方在涩谷警察局的搜查本部召开了有关此案的报告会。此案虽属石神井警察局管辖，但由于与梶田一案有关，实际上是共同进行调查，会议室里挤满了侦查员。

案件的来龙去脉与小林此前的汇报基本一样，有关更衣室的说明中也没有什么特别引人注目的线索。

但与以前的会议相比，最大的不同在于掌握了一些有关犯罪动机的线索。

"柳生讲介认为，杀害梶田的凶手可能是风间利之的同伙。"一个姓鹤卷的略显清瘦的老练刑警环视会场后说道，"据说，柳生认为，只要弄清风间潜入高柳芭蕾舞团的理由，就能证明斋藤叶琉子是正当防卫。他根据这种推理，想弄清梶田和风间的关系，还发誓即便会怀疑到芭蕾舞团的同事，也要帮助叶琉子，这一点很多团员都听说过。"

加贺想象着柳生的样子，不由得露出一丝笑容。那个人完全有可能这么说。

"柳生是否采取过什么具体行动？"富井问道。

"有关这一点，总务处主管坂木说过意味深长的话。"鹤卷一边松着领带一边说道，"根据我们已经掌握的信息，梶田两年前去过纽约。这与风间在纽约的时间重合。那时除了纽约，梶田还到美国和加拿大的一些芭蕾舞团考察过。据坂木说，柳生曾拜托他把那时的记录给他看，理由是他早晚也要去考察，可以作为参考。于是昨天练习结束后，柳生留在办公室翻看了那些记录。"

侦查员们开始小声议论。

"有关两年前梶田去纽约的情况，我想派去的侦查员应该正在调查。"

"调查正在进行。"小林答道，"但至今没有什么结果，也没有查到梶田与风间接触过。所以还打算调查这两年以外的情况。"

"那个与风间有过来往的日本人会不会就是梶田？"太田问道。

小林摇了摇头。"用传真发了照片让证人看过，但不是。"

"这么说，柳生注意的是梶田在纽约以外的地方考察的事了。"

富井又问，其他团员是否知道柳生正在调查，鹤卷答道："几乎所有人都知道。"也就是说，所有人都听到过坂木和柳生之间的对话。

"如果凶手在听到这个情况后决定杀柳生，柳生的调查就击中了案件的要害。"

听到这句话，富井努了努下唇，带着厌烦的表情点了点头。"虽然一开始就觉得他们不太配合，没想到竟然隐瞒了这么重要的信息。希望他们能通过这次的事情吸取教训。对了，柳生的情况怎么样？"

"今晚就不问他了。明天早晨开始讯问。"年轻的侦查员回答。

"看守呢？"

"有看守。"

"好！大家要注意。如果有人真是因为刚才提到的原因要杀柳生，那么既然他没死，凶手就很可能再次下手。"

"真期待对柳生的讯问啊。"

"是啊。如果能够一举解决问题，那该多好……"

富井没有说完，因为中途进来的一名鉴定人员向他出示了一份资料。富井瞥了一眼后向大家说道："已经查明毒药的性质，还是尼古丁，而且可以断定是烟叶的浸泡液，与梶田的情况一样，但因为溶解在咖啡里稀释了，浓度要低得多。柳生没死或许也是因为浓度低吧。"

"是的。"鉴定人员回答，"特别是这次不同于上一次的注射，被害人是喝下毒药的。凶手其实有必要提高浓度。当然，对于被害人来说，这是一件幸运的事。"

"这么说，这次的凶手非常慌张。看来柳生的话值得期待。对了，芭蕾舞团那边的看守怎么样了？"

得知会有几个人轮流看守，富井颇感满意地点了点头。今晚要举行梶田的守灵仪式。

2

守灵的场地选在离梶田住的公寓几十米远的社区活动中心。坂木等办公室的人忙着筹备，很多舞蹈演员和舞台工作者也已到场，场面颇具规格，但不能否认整个会场明显笼罩在异常氛围中。人们知道梶田一案尚无眉目，白天时柳生又差点被杀，因此也不难理解这种氛围。也许是这种缘故，出席守灵仪式的人大都回去得比较早。很多人大概都担心自己会成为下一个目标。

未绪坐在离棺材最远的位置上，与亚希子她们一起喝酒。她也很想早点离开，但她们一旦回去，一定会有更多演员跟着离开。

想到这些,她就觉得对不起梶田,因此迟迟未走。

"只能说是个疯子。"坐在斜对面的绀野将手放在略显红润的额头上,说道,"竟然要杀同伴,真是疯了。难道就没想过我们为什么一起奋斗?"

"绀野,你好像有点醉了,是不是喝多了?"中野妙子说道。

"没喝醉,我就是觉得很生气。大家理应同心协力完成表演,没想到出了一个叛徒!"

"你的声音太大了。"

受到妙子的斥责后,绀野没有作声,只是喝干了杯子里的酒。

未绪默默地看着他,坐在旁边的靖子在耳边小声说:"今天早晨练习时来得最晚的是谁?"

未绪闻言,转头看了看靖子。难道她也在寻找往柳生水壶里下毒的人?"这个嘛……我忘了。"未绪答道。这不是撒谎。她从来没有注意过这类事情。

"是啊……也是,我也没记住。"小声说完后,靖子又问道,"对了,练习中有人离开过吗?"

"我想没有。"

"是啊。"说完,靖子轻轻咬了咬拇指的指甲。这是她沉思时的习惯动作。"今天早上,我和你一起走出更衣室后就一直在一起吧?"她仍然咬着指甲。

"对啊。"

"亚希子也在一起。"

"是啊。"

每天早晨，三个人总是在更衣室见面，然后一起去排练厅。

"我怎么了？"好像是听见了她们的对话，坐在对面的亚希子有点莫名其妙。未绪正犹豫如何回答时，靖子说出了对话的内容。但亚希子诧异的表情并没有变化。"那又怎么了？"

"就是说，"靖子迅速环视周围后靠近亚希子，"如果从早晨开始一直和某人在一起，就不可能往柳生的水壶里下毒。因此我们就不会被怀疑。"

"啊,是这事。"亚希子似乎明白了，点了点头。但从表情来看，她对靖子的说法并不感兴趣。"说得也许有道理，但也不一定不被怀疑。凶手也有可能在和别人碰头以前就下了毒。"

"但那时男更衣室里或许还会有人……"

靖子的话还没有说完，亚希子就开始摇头。"但不能说完全不可能。"

也许没有想到合适的回答，靖子默默低下头。亚希子立刻投去了微笑。"没事。谁也不会认为凶手在我们三人中间。我只是想说警察可不是那么好对付。"

靖子闻言点了点头，小声说了句"对不起"。

大约过了一个小时，未绪等人决定回去。不出所料，一直等待她们回去的年轻演员们也迫不及待地开始准备离开。

走出会场后，亚希子问未绪能否陪她一会儿。这时未绪正和靖子走向车站，她和靖子说明后，便和亚希子并肩同行。

"后面好像有人跟踪。"默默地走了一会儿，亚希子说道。未绪回头看了看，没发现人影。

"跟踪得很巧妙。"亚希子说道，"但也无所谓。"她指的是刑警。

"以后也会经常被跟踪吗？"

"也许会。直到事情解决。"亚希子忧虑不安地说道。

两个人来到了常去的 NET BAR。坐下后不久，两名从未见过的男子走进来坐到了吧台前。

"别理他们。"亚希子看都没看他们便说道。未绪看着她的眼睛点了点头。

老板走过来，将加冰块的威士忌和水放到亚希子面前，同时将冒着热气的乌龙茶放到未绪面前。或许是猜到了男人们的身份，平时总会说点什么的老板默默回到了吧台内侧。

"恕我直言。"亚希子喝了一口苏格兰威士忌，说道，"柳生的事，你有没有怀疑的对象？"

犹豫了一会儿，未绪决定说出心中的疑虑。未绪指的是柳生打算调查梶田两年前去美国一事。

"这一点我也注意到了。还有别的没有？"

"没有了。"未绪答道。

"哦。"亚希子看向旁边的墙壁，晃了晃杯子里的冰块，"你说，想杀柳生的人，会不会就是杀梶田老师的人？"

未绪边用装满乌龙茶的杯子暖手边回答："我不太肯定，但应该是一个人。"

"为什么？"

"我觉得很少有人能干出这种残忍的事。"

亚希子闻言仍紧闭双唇，但表情有所缓和。她将长发梳到脑后。

"是啊，太残忍了。"她随后又恢复严肃的表情，"如果凶手是同一个人，而且就在团里，得想尽一切办法赶紧找出来。有没有什么好办法呢？"

她虽然这么说，但未绪也不可能有什么锦囊妙计，只是默默地喝着茶，双手紧握杯子。

"未绪，你今天是不是和加贺警官说过话？"亚希子用更小的声音问道。未绪点了点头。

"他说没说有关案件的情况，比如凶手有了眉目什么的？"

"不，没说，只是问了点今天早晨的情况。"

"哦，太遗憾了。"亚希子把酒杯端到嘴边，但又停了下来，放回桌子上，"听说梶田老师的上衣被弄湿了。如果这也是凶手干的，那么在上衣被弄湿的时间段，也就是练习开始前，有不在场证明的人就可以排除在警察的怀疑对象之外。"

"我也注意到了这一点。"未绪凝视着亚希子的眼睛说道。

"说实话，有关这一点，我问过大家。"

"不在场证明？"未绪不由得感到背后有一股寒意袭过。

"是的。我已经知道了几个根本没碰过老师上衣的人，这些人可以免除怀疑。"说完，亚希子蘸湿手指，在桌上写起了片假名。是人名。薰、多香子……一共六个人。

当未绪抬起头时,亚希子问:"记住了吧?"随即用杯垫擦掉了名字,"这种事警察应该也调查过。"她说道。

未绪将杯子拿到嘴边,喝起了乌龙茶。不知什么时候,她口中变得干涩不已。

"你说,未绪,"沉默片刻后,亚希子用一种略显迷茫的眼神看着杯子喃喃道,"柳生为什么没死呢?"

"啊?"未绪不由得提高了声音,她怕这句话被跟踪的两名刑警听到,但亚希子好像并不在意。

"总觉得有点奇怪。"亚希子继续说道,"杀梶田老师时,凶手明明做得那么干脆,为何这次却失手了?"

"可能柳生没有喝够凶手计划的药量吧?另外,也有可能是柳生的抗药能力非常强。"

"有这种可能?"亚希子好像无法理解,用手指轻轻敲了敲太阳穴,"但真想杀柳生的话,应该有更好的办法,比如放大量的毒药。"

"这个……"未绪无法回答。她为自己反应如此迟钝而感到自我厌恶。亚希子提的问题,她一个都答不上来。

"如果凶手一开始就不想杀柳生……"听了亚希子的话,未绪好像忽然明白了什么,"不会吧?为什么故意这样做呢?"

亚希子抿了一口酒,将冰凉的杯子贴在前额。"是啊,"她说,"应该没有理由这样做。"

她眼中那若有所思的光芒一直都没有消失。

3

第二天早晨,加贺和太田负责向柳生了解情况。天气阴沉,加贺拿着伞走出了搜查本部。

柳生所在的医院位于大泉学园前的公交车道旁,是一幢四层建筑。每当汽车路过,就会卷起阵阵灰尘。加贺皱着眉推开了医院的玻璃门。

四楼的一个单间是柳生的病房。加贺敲了敲门,里面传来冷淡的回应声。打开门,柳生发现进来的是加贺等人,态度变得更加冷淡。

"状态好像还不错。"加贺说罢,看了太田一眼。

太田微笑着说:"这样就可以慢慢了解情况了。"其实,主治医生已经证明过没有问题。

"还是有点想吐。"柳生一脸厌烦地说道,"怎么就遇上了这种倒霉事。"

"还好没有大碍。"说完,加贺环视房间。四周都是白墙,除了病床和椅子外没有任何家具。但房间背朝马路,没有汽车尾气和噪音,这也许是唯一的优点。

"这次的案件,某种意义上也可以说是你自作自受。"

"为什么?"也许是感到意外,柳生大声喊道。

"因为你轻举妄动。"说完,太田把椅子拉到病床旁边坐下。室内仅有的椅子被他占去,加贺不得不坐到窗台上。

"能否和我们说说?"太田面向柳生招手示意道,"你到底找到了什么线索?想调查什么?"

柳生直起上半身,来回看着加贺和太田,摇了摇头。"我不知道你们在说什么。"

"你不是扬言说自己会解决这起案件吗?为此还私下调查过梶田两年前去美国的事。"

听到太田的话,柳生瞬间垂下视线,但马上又直视太田的眼睛。"我没有吹牛说解决这起案件,只是想帮助叶琉子而已。我想,如果能够查明老师和风间之间的关系,就能弄清这家伙潜入我们团的理由。因此从两个人的共同点入手,调查老师前年去纽约的情况,也是合情合理的。"

"除了纽约,据说你还调查过其他地方?"

"关于老师两年前去纽约的事,警察不是也知道并做过调查吗?正因为没有什么结果,我才想到有必要了解老师去其他地方的情况。"说到这里,他似乎察觉到什么,睁大了眼睛,"这么说,我被人盯上莫非也是这个原因?"

"从现在的情况来看,可以这么说。"

柳生闻言扭过脸,似乎无法相信,一只手做出想要甩开什么的动作。"我至今还没了解到任何有用的情况,为何还会盯上我?"

"凶手可能觉得如果你真的掌握了什么,那可就晚了。"加贺说道，"难道你还有其他被盯上的理由？"

"我可没有。正因为这样，我从昨天开始就在被窝里苦恼。为什么凶手在杀老师后还要杀我？听你们这么一说，我才明白这家伙是想在被我抓住把柄之前杀人灭口。"柳生用右拳打向左手，随后一动不动，面露疑惑。他看向太田和加贺。"其实我还没有找到任何把柄。可对凶手来说，我果然是一个障碍啊。"

"关于梶田去美国的事，你打算怎么调查？"加贺问道。

"就是先把老师去过的地方整理出来，然后对照一下风间是否也去过。"

"调查方法是……"

"具体方法还没有决定，但我曾想过，向各家芭蕾舞团写信了解情况也是可行的。"

"有谁知道你的这种方法吗？"

"没有，我跟谁都没说过。也没有必要。"

加贺和太田对视了片刻，柳生看起来并未撒谎。

"听说你前天在办公室查看过梶田去美国的记录？"太田问道。

"是的。"

"当时你有没有做过笔记？"

"记了。我记得放在家里的抽屉中。"

"能否让我们看看？"

"这倒没什么，但求你们低调点。刚才我老妈还在这里，精神几乎要崩溃了，好不容易才劝她回了家。"

"我们会尽量注意的。"

太田笑着起身，对加贺说道："我去和总部联络一下。"说完便走出病房。毕竟是被害者本人的供述，搜查本部对此寄予了极大希望。但加贺感觉没有太大收获。

"回到刚才的话题，关于这次针对你的谋杀，你还有别的线索吗？"加贺坐在窗边，边等太田边问道。

"没有。"柳生回答，"如果有，我会说的，毕竟谁都不想死。"

"那倒是。"

"说实话，我感到很不甘心，竟然在这种时期遇上这种事。而且我们团的大型公演就在眼前。"

"是指《睡美人》在横滨的公演吗？你扮演蓝鸟吧。上次很遗憾没能看到，其实票都已经买好了。"

未绪扮演的弗洛丽娜公主也没能看到。对加贺来说，这才是最大的遗憾。

"蓝鸟是个非常值得演的角色。这是个少有的、能够充分发挥男舞者魅力的角色，大家都想演。"

"是吗？"加贺跷起二郎腿，松了松领带，"我想问一个有点失礼的问题，不知可不可以？"

柳生"哼"了一声。"之前问的不是已经够失礼了吗？还好我心胸宽广，才没有发火。"

"那就多谢了。"加贺说道，"话又说回来，如果你暂时不能参加演出，该由谁来代替你的角色？"

柳生立刻面露怒色，眨了眨眼，好像在说"那又怎么了"。

"是不是已经决定好由谁来替演？"

"没有。"柳生说道，"但总会有办法的。很多人除了自己的角色也会练别的。像蓝鸟这种在各种比赛中经常会被跳到的经典角色尤其如此，有几个人还是可以凑合着跳的。但仅仅是凑合着跳而已。能否正式上台演出赚钱，则另当别论。"在"凑合着跳"这句话上，柳生加重了语气。

"也许会这样，可一旦你不能跳，总会有人来代替你跳这个值得演的角色吧？"

"这可不好说。"柳生似乎察觉到了加贺的想法，冷笑着撇了撇嘴，"但绝不可能是有人为了得到这个角色才谋害我的。我敢打赌。"

"是吗？"

"是啊，舞蹈演员一般不会做那种事，根本做不到。在电视剧中，经常有为争夺首席演员的位置而陷害对方的胡编乱造的情节，这种事在现实中绝对不会有。舞蹈演员对跳舞有洁癖，并对自己和他人的实力差距有客观的评价。如果对方比自己水平高，从本能上就不可能为了自己跳而排挤对方。争角色只能靠实力。在旁观者看来，这种行为高尚而优雅，但生存竞争是极为严酷的。"

加贺点了点头。柳生竟会说得如此激情澎湃，看来他说得很对。而且从常识上来讲，为了这点事杀人恐怕也不现实。

"也就是说，你们是这一激烈生存竞争的胜者了？"

"我不想说什么胜者或败者。其中也有天才型舞者,亚希子和绀野就属于这类。我和未绪则属于后天努力型。"

"这样啊。对了,你总是和浅冈搭档吗?"

"最近一直如此,至少到这次公演结束为止。"柳生说完,眼神忽然变得有点茫然,自言自语似的说道,"是呀,为了她,也不能让其他人演蓝鸟。"

"你是怕别人和她没有默契?"

"可以这么说吧。"柳生揉了揉脖子,两手高举过头,伸了个大大的懒腰。

走出医院时,雨已经淅淅沥沥地下了起来。柏油路上已有不少雨点,灰尘似乎少了一些。加贺打开自带的伞,太田也撑开了折叠伞。

"今天会举行梶田的葬礼。"加贺朝着车站走了几步说道,"很想去看看。"

"去也不会有收获的。"

"我只是想看看都有谁出席。"

"哦,这或许有必要。"太田停下脚步思索片刻后说道,"那我去一趟石神井警察局。"

"我中午回去。"加贺离开公交车道,向葬礼会场走去。

虽然下着雨,仍有不少人来参加葬礼。亲戚应该不多,但还是有不少穿着体面的长者。加贺看了看摆成一排的花圈,上面有不少政治家和一流企业董事长的名字。由此可见，梶田康成绝不是一个普通的芭蕾舞团艺术总监。

从离出席者不远的地方看，团员们正排队进入葬礼会场等待上香。扬声器里传出唁电，其中也有政经界名流的名字。

上完香的团员像是要直接去排练厅，陆续朝加贺走来。加贺用伞遮住脸，躲到路边。

绀野和高柳亚希子等人也走了过来。也许是从排练厅出来时还没有下雨，团员们都没带伞。

加贺看到了走在他们身后的未绪。未绪穿着黑色连衣裙，戴着浅紫色胸针。他从伞后追寻着她的背影。

忽然，未绪停了下来。加贺吃了一惊。那停顿就像人偶的发条忽然失灵那样不自然。

不久，她似乎想要环视周围，转了转头，然后慢慢迈开步子，并在邻近的街角转弯。那并不是去排练厅的路。

真奇怪。加贺跟在后面，拐进她刚刚转弯的街角。

一瞬间他以为她不见了，因为那是一个死胡同，也没有看到她的身影。然而这是错觉，她在被围墙环绕而略显黑暗的角落里面壁站立，长发已被雨淋湿。

"怎么了？"加贺问道。但未绪没有反应。"浅冈小姐！"

他边喊边走近。未绪抬起一直低垂的头，回过身来。

看到加贺，她似乎非常吃惊，睁大眼睛深吸了一口气，随后又闭上眼睛呼出。像是为了安抚心脏的跳动，她捂住胸口。脸色比任何时候都苍白。

加贺再次问道:"究竟怎么了?是不是哪儿不舒服?"

未绪凝视着加贺,咽了口唾沫。"拜托。"她说道,"请带我到一个人少的地方,比如公园……"

"浅冈小姐……"

加贺凭直觉意识到,现在不是考虑她发生了什么事的时候。他伸出手,她随即握住。加贺尽量降低伞的高度,以免别人认出未绪,将她领到公交车道旁。雨下得非常适时。拦下一辆出租车后,加贺告诉司机到石神井公园。未绪一直抓着加贺的右胳膊,微微发抖。加贺觉得这绝不仅仅是因为头发被淋湿。

快到公园时,未绪已不再发抖。这时雨也停了。两人下了出租车,朝公园入口走去。久违的雨洗掉了行道树上的灰尘,枝叶显得郁郁葱葱。

两人在公园的树林里漫步,一路上没见到任何人。或许是因为离马路较远,这里非常寂静。每走一步,湿湿的土地都会传来令人愉悦的脚步声。

来到一个有顶棚的休息处,加贺默默地在长椅上坐下,从口袋里拿出手绢铺在旁边。未绪毫不犹豫地坐到手绢上,静静凝视放在膝盖上的双手。

脚步声传来,加贺抬头一看,一名男子领着一个三岁左右的女孩走了过来。加贺扭头一看,未绪也在看着父女俩。

父女俩对加贺他们毫无兴趣,径直走到长椅旁的自动售货机前。女孩说了声"橙汁",父亲便投入一枚百元硬币,按下按钮。咯噔一声,罐装果汁掉下。父亲打开拉环后递给女孩。女孩边走边喝了一口,随即递给父亲。父亲喝了一小口,又递给女孩。父女俩就这样渐渐远去。

当父女俩的身影完全消失后,加贺提议道:"我们要不要也喝点什么?"他觉得应该可以跟她说话。但她并未立即回答,而是微笑着反问道:"加贺先生,您知道我在想什么吗?"

"不,完全不知道。"加贺答道。

"其实我知道加贺先生在想什么。"

"是吗?"

"这个女的到底怎么了,是不是有点不正常,为什么我会遇到这种倒霉事……"

"我并没这么想。到底怎么了,这点是猜对了,但语气可不一样。"

未绪笑了。"下出租车后,我一直在想应该怎样向您说明。做了这种傻事,真不知道该怎么收拾局面。"

"别说什么收拾局面,我希望你如实告诉我,那样我也会理解的。"

未绪闻言,一脸疑惑地揉了揉膝盖。"其实我也不太清楚。"她望着灰蒙蒙的天空说道,"只是想起梶田老师的事,忽然又觉得很悲伤,正想着今天可真不想去练习,以前那种贫血忽然又发作了。"说着,她又歪了歪头,"然后我想,怎么偏偏赶在今天又发作呢,于是觉得特别悲伤。正打算哭一会儿再回去,没想到……"

"我是不是打搅了你?"

"是的。"未绪笑着点点头,"但也好,与其哭还不如聊天,这样更有意思。"

"你这么说,我就好受多了。"加贺用脚尖踢了踢地面,"但我更担心的是你的贫血……是不是应该做一次详细检查?"

未绪目不转睛地凝视着看加贺,随后耸耸肩笑了。"加贺先生,您该不会以为我的贫血是脑瘤或白血病那样的不治之症吧?"

"不,绝不是那个意思。"加贺慌忙否认。

"没关系。只是普通的贫血,换季时尤其容易发作。"

"这样啊……"

"加贺先生,您知道《爱你六星期》这部电影吗?"

"不知道。"

"在某个地方,有个芭蕾舞跳得很棒的女孩。"她将食指放在嘴边。看她的眼神,似乎在回忆电影情节。"女孩仰慕一个男人,一个年轻的政治家,女孩希望他能在选举中获胜。女孩的母亲非常富有,听了女儿的话后,决心全力支持年轻政治家。但对方说不想成为小孩过家家的玩具,拒绝了这个提议。"

"我能理解他的心情。"加贺说道。

"于是女孩的母亲向他说出了真相。女孩患了白血病,母亲希望在女孩有生之年帮她实现所有愿望。而女孩也知道自己的病情。听了这些话,政治家决定答应母女的提议,还和女孩一起去短途旅行。在旅行途中,听说有少年芭蕾舞团演出《胡桃夹子》,政治家便与主办方交涉,让女孩参加公演。彩排时,女孩的表现极为精彩,赢得了大家的好评。'明天就是正式演出了,简直像梦一样。'女孩非常高兴,但……"未绪接着说道,"她在回家的地铁上病发,说'妈妈我头疼',然后就死了。在留下的日记中,女孩写道:'请不要为我的死悲伤。'最后,那位年轻政治家在选举中获胜了。"

"真是个令人同情的故事。"

"是啊。"未绪说,"但这个故事并不绝望。因为女孩跳得非常完美,而且是在对明天的期待中死去的。虽然她还太年轻,显得很可惜,但对一名舞者来说,可以说是完美的死。"

加贺全然不知未绪为何会说起这部电影。正当他无以言对时,未绪吐了吐舌头说:"我好像讲了很奇怪的话。"

随后,两人又闲聊了大约三十分钟,天空才开始变得晴朗。随着天色转晴,公园里的人也多了起来。两人起身离开。据未绪说,团里的练习从下午开始,上午则是各自热身。

加贺担心地问:"在这里浪费时间没事吗?"

未绪回答:"没关系,反正以我今天的状态也无法练习。"

当他们走在来时未经过的小路时,有两个初中生模样的女孩在打软式网球。加贺有点不明白,今天又不是休息日,为什么这两个女孩会在这里打球。也许是学校校庆。

"好像没气了。"一个女孩用右手捏捏球说道,"我现在就打气,稍等。"她跑到停在一边的自行车旁,从车筐里取出某样东西。

这时，加贺他们恰好路过那里。加贺无意中看了一眼女孩的手。女孩拿着软式网球专用的打气用具，正在取下前端的盖子。

4

"软式网球？"听完加贺的话，富井重复了一遍，然后半张着嘴呆住了。

"就是这个。"加贺将从口袋里拿出的东西放到富井面前。它的形状像无花果，较细的部分盖着盖子。这是加贺和未绪道别后在体育用品商店买的。"是给软式网球打气用的。"他说着取下盖子，露出一根尖利的针。"请仔细看，和注射针一样。"

富井眯起眼睛仔细观察。针呈细管形，可以通过细管给球注入空气，原理和注射针完全一样。

"这样啊，确实一样。至今一提到注射针，我们就将其限定为医用注射针，没想到在与医用毫无关系的领域也有类似的东西。这么说，有必要了解在其他用品中是否也有类似的东西。"

富井佩服地说道，随即将它递给旁边的鉴定人员。那人看完后也说："粗细也没有问题。如此尖锐的针完全可以轻而易举地刺人。"

加贺信心十足地说："这种东西在任何一家体育用品商店都有卖的。芭蕾舞练习结束后也有充足的时间去买。"

"嗯。"富井将胳膊抱在胸前,"好,通知负责调查注射针的侦查员。另外,应当增加负责调查的人数,毕竟体育用品商店很多。"

一直保持沉默的太田举起手。"请稍等。"他说道,"去体育用品商店了解情况当然有必要,但如果只限于那里,很可能会扑空。刚才加贺给我看了打气用具,我才知道竟然还有这种东西。头儿,您见过吗?"

"我也没有。除非接触过软式网球,一般人不会知道还有这种用具。"

"大家都一样。"加贺也补充道,"在亲眼看到之前,我连想都没想过会有这种用具。"

那个初中生模样的女孩拿的打气用具……加贺想起了第一次看到它时的震惊。他停下脚步,仔细观察。当他说"能不能给我看一下"时,女孩面露惊恐地递给了他。也许是看到了未绪,女孩才放下心来。但未绪也一定不明白加贺为何那么激动。

太田说道:"既然我们都是这样,那芭蕾舞团团员中知道这种情况的应该更少。打网球很容易伤到腿,而且他们也没时间。"

富井捏着打气用具问道:"你的意思是说,舞蹈演员们首先不会想到使用这种东西?"

"我觉得应该如此。"太田回答道,"如果凶手想到使用这种东西,那一定是因为身边就有。比如家里有人打软式网球。"

"嗯,有道理。"富井点点头说道,"反过来说,正因为有这种用具在身边,才想到了安装毒针的方法。好,筛选一下舞蹈演员周边的人。唉，真是的，这回需要调查软式网球了。"警部苦笑着叹了口气，"对了，柳生那里好像没什么收获？"

"是的，没有。"加贺小声回答，"柳生调查了奇怪的问题，凶手因此想要杀他，这样的推理应该没错。"

"目前还不能说猜错了。"太田加重语气说道，"即便柳生开始调查两年前梶田去纽约的情况并无太大根据，也完全有可能偶然涉及了凶手不想让人知道的秘密。"

"这一点也并非不可能。"从富井的表情看，他似乎并不赞同这一推测。他揉了揉肩膀。"即便这种推理成立，凶手也太粗心了，这不是自寻烦恼吗？"

加贺也一直很注意这一点。

"算了。"富井说道，"有关其他动机，我会让别人去调查，你们还是去完成分内的事。另外，别和石神井警察局断了联系。"

"我们正准备去。"太田答道。

正如他所说，大约一个小时后，加贺和他便出现在石神井警察局的会议室里。

小林边请他们坐下边说道："据我们了解，风间在美国期间只离开过纽约两次。"会议桌上堆满各类资料。"他去过波士顿和费城。主要是去参观美术馆和见朋友，但无论在哪儿，待的时间都不长。"

"有没有人和他一起去？"太田问道。

"是和纽约美术学校的同学一起去的。"

加贺边找资料边喃喃道："有没有和梶田接触的可能呢？"

小林立刻断言道:"绝对不可能。梶田那时一直在纽约帮忙准备公演,根本没有时间离开芭蕾舞团。"

"这样啊。"加贺点头道。而且从梶田的日程表来看,他在纽约之外虽去了六个城市,但并没去过波士顿和费城。

"这么说,如果梶田和风间见过面,应该还是在纽约。但如果真的如此,可就没有什么新进展了。真奇怪。两个人的共通点只有都于两年前去过美国,这一点警察早已掌握,即便柳生想调查,对凶手来说也应该无所谓。"太田自语似的说道。

"但应该有其他理由。否则柳生不可能被盯上。也许杀人动机在毫无关联的某一点上?"

"有没有掌握其他可以成为动机的线索?"加贺问道,小林轻轻摇摇头。

"凶手不怕警察的调查,但如果柳生插手就麻烦了。也就是说,凶手有某种不想被人知道的秘密,而且只有舞蹈演员才能察觉到。"

小林闻言回应道:"我已经派人去找柳生了,并带着那小子想要调查的所有资料,期待他能发现些线索。但根据刚才的汇报,期待还是落空了。"

加贺想,这真是一起奇怪的案件。这次柳生究竟为何被盯上?凶手一定有杀柳生的理由,但既然行动失败,事态就会变得对凶手不利。然而至今为止,没有出现任何能够加快调查进展的迹象。

"总之,一定与梶田两年前赴美有关。"小林抓着头发说,"再彻底调查一次。线索肯定藏在这里,否则凶手不可能盯上柳生。"

5

在喝下毒咖啡倒下后的第三天，柳生出现在排练厅。那是个星期六。未绪进入排练厅时，柳生已经换好衣服，正在做热身运动。走廊里站着两名眼神犀利的年轻男子，正小声说话，估计是负责保护柳生的刑警。前天晚上，未绪和绀野等人一起去看望过柳生，那时也有警察在场。

未绪提起这件事后，柳生俏皮地说："我有保镖哦。"

"警察是不是认为凶手还想杀你啊？"

"好像是，虽然我完全不知道自己为什么会被盯上。"

"真的一点都猜不到是谁？"

"嗯。"柳生露出了一丝奇怪的微笑。

这时，绀野和亚希子等人也来到排练厅。有人问柳生食欲怎么样，也有人问他三天没练习了，身体是不是像绑了个铅球一样不听使唤。柳生开着玩笑一一回答。

和往常一样，练习从使用把杆的基础训练开始。未绪朝前一看，发现刚才见到的两名刑警正用难以捉摸的目光注视着他们的一举一动。

一点整，基础训练结束。休息一会儿后，排练会于两点开始。众人纷纷去吃饭。今天柳生没有带饭，他说要去车站前的小店吃碗乌冬面，随即离开了。

"未绪。"未绪正在玄关穿鞋，有人从后面喊她。是中野妙子。"靖子今天好像又请假了，你知道详细情况吗？"

未绪摇摇头。"啊……不知道。"

"是吗，这种情况很少见啊。"妙子诧异地歪了歪头。

靖子给芭蕾舞团的办公室打电话是在昨天早晨。据说是感冒发烧，想请假休息。听到这个消息，团员间一阵骚动，因为至今为止，就算身体再不舒服，靖子也从未休息过。即便是脚肿得发紫，直到老师禁止她练习，她才会休息，而且需要老师们反复劝说。

"她竟然会连休两天，看起来相当严重。前天晚上她还挺好吧？"

"是啊。"未绪回答。妙子之所以说前天晚上，是因为她知道去看望柳生时，靖子也一起去了。

"也许排练时她就会来的。"

未绪这么一说，妙子好像第一次想到这一点，频频点头。"是啊，病刚好时参加全天的练习可能有些困难，她或许是想排练时再过来。"妙子说了声"谢谢"，便离开了。

但直到排练开始，众人也没有见到靖子的身影。

6

将调查对象由注射针变为软式网球打气用具后，警方进行了高效率的调查。首先，他们一一走访了高柳芭蕾舞团和每个舞蹈演员住处周围的体育用品商店，彻查最近是否有人购买过打气用具。

"从结论上说，最近购买打气用具的人极少。"调查的主要负责人榊原在会议上说，"最近一般在打的都是硬式网球，只有初中生还在打软式网球。至于最近卖出的打气用具，店主也说来买的几乎都是初中生。"

也就是说，目前还没有发现疑似高柳芭蕾舞团团员的人。

与此同时，侦查员们也在寻找舞蹈演员的家人中是否有正在或曾经打软式网球的人。根据他们得到的信息，如果是专门打软式网球的人，有一两个打气用具也不足为奇。

"舞蹈演员中，有四人符合条件。是以下几个人。他们都有弟弟或妹妹，而且或是目前与他们共同生活，或是曾住在一起。"榊原加重语调念出名字，其中两个名字加贺也有印象。

"也就是说，这四个人值得怀疑？"富井说道，"那接下来怎么办？"

"我打算星期日去木工店看看。"榊原答道。

"木工店？为什么？"

"我看了这个后想到的。"他拿起打气用具，"正如鉴定科报告中提到的，针被截成只有数毫米长。究竟是怎么截断的？"

不知是谁突然地拍了拍手。"原来如此，因此想到木工店？"

"如果是细的注射针，还有可能很巧妙地折断，但这根针有点粗，折的时候一不小心就得报废。"

"是不是用钳子截断的？"富井问道。

"如果用钳子截断，截口会被压瘪，因此很可能用了别的方法。我想，除了折断注射针，制作犯罪用的装置也需要购买一些用具。"

"要从凶手使用的工具着手调查吗？"富井对这一分析极为满意，频频点头，又拍了一下膝盖，"好，就这么办。"

很久没有听到警部如此威严的声音了。

这就是昨晚会议的情况。

然后到了今天。

加贺和太田正向富井汇报风间利之在纽约的生活情况时，搜查本部的电话响了。接电话的年轻刑警叫富井接听。

富井接过话筒。"我是富井。"一瞬间，他的表情变得极为严肃。

"什么？发现了？硅胶和锉刀……哦……是吗？那个店主……会过来？好，赶快回来写报告。"

放下电话，富井身边已聚集了很多侦查员。有人问道："找到了？"

"找到了。"

"是谁？"

"森井靖子。"

"森井……"

侦查员们立刻露出意外的表情。昨晚在被怀疑的四个人中，她的嫌疑是最小的。加贺也这么认为。

"人不可貌相,尤其是女人。"富井的语气似乎也表达出同样的感受。

"她买了什么?"太田问道,"我听着是硅胶和锉刀?"

"嗯,就是这两种东西。硅胶用途不明,但锉刀好像是用于锉针。据说她还向店主咨询过能否锉不锈钢。"

警方之前已经决定,如果四个人中有人最近去过木工店,就立即搜查其住处。同时,警方也想尽快得到那家木工店店主的口供。

年轻刑警问道:"在搜查时是否要让森井也在场?"

"不得不这样,而且这么做也比较妥当。告诉在高柳芭蕾舞团执行任务的人,回来时逮捕森井。"

"明白。"

在年轻刑警打电话时,富井伸了个懒腰。"真不知道硅胶究竟用在什么地方了。"

"是不是用于防水?"加贺说出自己的想法,"虽然不大清楚那个装置的构造,但既然使用了尼古丁浓缩液,就需要完备的防水措施。"

"是啊,估计你说对了。"富井用手指比画出手枪的样子对准加贺的胸口,这么开玩笑表明他的心情极好。

这时,正在打电话的警察转身说道:"头儿,森井靖子请假了。"

"什么?"富井的声音忽然变得严厉,"到底怎么回事?"

"就是……"年轻刑警又与对方说了几句,用手遮住话筒看向富井,"昨天就没去,说是感冒了。"

"昨天也没去？"

"这一点已接到报告。因为当初交代过必须弄清请假者的请假原因。昨天傍晚，田坂应该去过森井的公寓。"

"嗯……"富井低声道，"真奇怪，竟然两天都没去？"他喃喃自语，忽然睁大眼睛吼道，"加贺和太田，你们现在马上去靖子的公寓！"

森井靖子住的公寓位于小路纵横的住宅区内。这里小楼密集，这栋二层公寓也埋没其中。

公寓玄关朝东，阳台朝西，采光条件很不理想，而且靖子的房间又在一楼。不过，她大部分时间都在高柳芭蕾舞团，白天光线如何似乎也没多大关系。

加贺站在微暗的门前敲了两次门，但没有回应。他又喊了两声，仍然没有回应。太田转了转把手，门锁着。

"是不是不在家？"加贺说道。

太田也无法回答。他板着脸打量着门，随手推开门上的邮件投递口。"你看。"他说，"里面有东西。"

加贺也看了一眼，是叠好的报纸。

"早报？"

"好像是。"

两个人几乎同时行动起来。太田忙敲邻居的门，加贺则向外跑去。

加贺绕到楼后,爬进靖子房间的阳台,窥视房间内部。透过白色蕾丝窗帘,他隐约看见了屋内的情况。有衣柜、矮桌、电视、床……床上有人,看起来像是在睡觉。

加贺回到公寓的正门,没有看见太田。没过多久,太田领来了一名拿钥匙的秃头中年男子,是房东。加贺将从阳台看到的情形告诉太田。秃头房东在旁听后绷紧了脸。

戴上手套后,太田将备用钥匙插进锁孔。咔嚓一声,他拉开门。

两人脱下鞋,尽量避免触碰房内的物品,小心翼翼地进入房间。一进门,左侧是厨房,径直向前便是旧式单间。

房间收拾得很干净。矮桌上只有一个杯子和瓶子,也没有乱放的外套或内衣。梳妆台的镜子也一尘不染。

床上躺着的果然是森井靖子。她穿着黑裙和粉红色针织开衫,双腿并拢,双手交叉放在胸前。她的睡姿显得过于正式,怎么看也不像在午睡。

加贺摘下手套摸了摸她的手腕,有一种冰凉的感觉,既没有脉搏也没有呼吸。"没有外伤。"他说。

太田拿起矮桌上的瓶子。"就是这个。安眠药。不知原来还剩多少,现在瓶子是空的。"

"向总部汇报吧。"

"拜托你了。"

"能想象头儿的脸色。"

"人生可真不是一帆风顺的。"太田频频摇头。

加贺边用余光看太田边拿起电话。不知怎的，他感到话筒非常沉重。

7

警方决定对森井靖子的尸体进行司法解剖，对于她服用大量安眠药自杀这一点，众人基本没有异议。房间内并没有厮打过的痕迹，窗户和门都上着锁，应该就是自杀。

加贺等人仔细查看屋内，寻找与这一系列案件有关的线索。他们希望死者留下了遗书，但并没有发现。

"你看，加贺！"正在查看书柜的太田指着柜里的书喊道。在足有加贺那么高的书柜里，一半以上的书都与芭蕾舞有关。"看来把全部身心都献给了芭蕾舞。"他说道。

"舞蹈演员基本都一样。"浅冈未绪也是如此。

"但竟然有这么多。难道就没有别的爱好？"

"光有芭蕾舞就足够了。"

加贺看了一眼与芭蕾舞无关的书。其中有几本与音乐和歌舞伎相关，也许是为更好地跳舞而准备的。

另外，值得注意的是，书柜中还有大量关于瘦身美容和减肥的书。除了新型开本的瘦身入门指南，还有数本堪称专业的减肥类图书。

加贺想，森井靖子或许也是受梶田的影响，想尽量保持纤细苗条的身材。

将和室留给太田等人查看后，加贺来到厨房。厨房约三叠，窗边有水槽，角落里有一台白色双门冰箱。

同样是一个人住，男女之间的差别很大。与加贺的住处相比，这里不仅有很多厨具和碗碟，还整理得井井有条，看起来干净清爽。加贺也有信心整理好厨房，但从未擦过换气扇和煤气灶。

查看了橱柜后，加贺又看了看水槽下面的柜子。里面有酱油和盐，也有从未见过的瓶子。加贺读了说明，才知道是低热量的甜味剂。从这里也可以感觉到梶田的影响。

当加贺把手伸进米柜查看情况时，富井一脸苦相走进来，问道："发现什么没有？"

"还没有。"加贺答道。

"全靠你了，一定要发现点什么。现在已经无法从关键的靖子那儿得到口供了。"

"只要线索在这个房间，我一定会发现的。"

"放心，一定会有的。"富井边说边望向屋内，"住在隔壁的学生说，昨天和今天并没有人来过这里。那个学生好像是留级生，大部分时间都在房间里。"

"有没有听到什么声响？"

"据说没听见。隔着这种墙壁都没听见，看来什么都没发生。"富井用拳头轻轻敲了敲墙壁。从回音可以判断墙壁很薄。"真是个旧公寓。仿佛看到了华丽的芭蕾舞界的幕后。"

"森井靖子来自岩手县，至今还是由父母提供生活费。她可能无法过得太奢侈。"

"职业芭蕾舞演员是赚不到什么钱的。"

"团员没有工资，反而要付给芭蕾舞团运营费。如果有公演，虽然也能得到一点演出费，但买双芭蕾舞鞋就不剩什么了。对于一般舞蹈演员来说，靠芭蕾舞吃饭根本不可能，当然，一流舞蹈演员另当别论。另外，由于练习时间很长，他们没时间打工，只能靠父母接济并省吃俭用。你看，森井靖子竟然吃这种东西。"加贺从米柜抽出手，伸到富井眼前。手掌上是糙米。

富井惊讶地张开了嘴。"真的？"

"我在开玩笑。"加贺将米放回米柜，"现在糙米也很贵。她可能是为减肥才吃的。"随后，加贺补充说明了靖子可能受梶田影响而热衷减肥一事。

"既然那么尊重梶田，为何还要杀他……一定要找出确凿的证据。好好找一找。"富井说完便走向和室。

检查完米柜，就只剩下冰箱了。加贺打开冰箱下边冷藏室的门，发现里面塞满了东西，有对半切开的柠檬、煮熟的魔芋丝、葱丝、鸡蛋丝、火腿、荞麦面、人造黄油、鸡肉和琼脂等。加贺逐一拿出仔细查看，逐渐明白了靖子在这狭小房间内的生活状态。

但这些食品中并未隐藏什么。仔细一想，葱丝和鸡肉里也不可能藏着什么。

关上冷藏室的门,加贺打开了上边的门,顿时瞪大了眼睛。冷冻室放满了冷冻菜肴,有水煮蔬菜、咖喱和鲜鱼等。加贺仔细检查,但并未发现异常。

他又拽出制冰盘,也没发现什么。

但当他准备放回制冰盘时,忽然发现制冰室里有什么物体。他伸手去取,可那物体冻住了无法取出。于是他从橱柜里拿出一把刀,小心翼翼地撬开冻住的部分,将物体取下。

是一个用塑料袋包着的东西。

"头儿。"加贺叫来富井,在他的注视下取出塑料袋里的东西。看了片刻,加贺将它递给富井。

"这样啊。"富井感叹道,"原来是这种构造。女人想的确实不一样。"

"是啊。"加贺也深有同感。

这个东西的确是杀梶田的装置,但与鉴定科的推理相比,构造简单得多。只是在平滑的圆形塑料容器中央挖了一个小眼,在那里插上五毫米左右的针。容器像是车站出售的盒饭里装酱油用的东西,而用于固定针的白色黏合剂肯定是硅胶。

容器里还留着少量茶褐色液体,针尖也沾着黑色的东西。富井命令其他侦查员马上将其送到鉴定科鉴定,然后深吸一口气,自语道:"终于弄清楚了。"

当天傍晚,加贺和太田一同前往高柳芭蕾舞团。他们之前已经告知团员们靖子死亡一事。因为有些情况需要了解,他们让芭蕾舞团内和靖子关系不错的人留下。

两人到达芭蕾舞团时已过六点，正值芭蕾舞学校的学生来上课的时间，很多比团员更年轻的姑娘陆续走了进来。她们应该还不知道靖子的事，表情很明朗。

加贺和太田一进去，不知从哪儿看到了他们，高柳静子立刻迎上前，把他们领进会客室。高柳亚希子、绀野健彦、柳生讲介和浅冈未绪四人已经等在那里，表情看起来十分紧张。

太田问柳生："已经痊愈了吧？"一直无所畏惧的柳生也只是表情僵硬地点了点头。

加贺看了一眼坐在最边上的未绪。她一直垂着头，好像根本就不想抬脸。

面对面坐下后，太田首先说明了靖子死亡的情况以及极有可能是自杀一事。五个人并没有太大反应。加贺看到未绪的头垂得更低了。

"另外，"太田咽了一口唾沫，旁边的加贺看得非常清楚，"另外，根据我们的调查，可以断定杀害梶田康成的就是森井靖子。"

他还没说完，几个人的表情已经有了明显的变化。柳生喊道："不可能！怎么会有这种事！"

亚希子也说道："是啊，是不是哪儿搞错了？"

"是真的。"加贺替太田说道。随后，他慢慢讲述了靖子就是凶手的证据。那五人的表情显得非常沉痛。他们沉默不语，只有绀野嘟囔了一句："难以置信。"

太田语气平稳地说:"其实,我们也不了解真相。"随后他又开导道,"最近的一连串案件,没有一件得到解决。我们不但要查明靖子为何做出这样的事,还要弄清这与此前的正当防卫事件是否有关,需要做的事很多很多,这都需要各位的鼎力协助。"

高柳静子首先问道:"有没有遗书?"加贺回答说没有。

"看来我们是最后和她见面的人。"绀野像是代表大家一样,说道,"前天晚上,我们去看望柳生。靖子也去了。但从那时的印象来看,她丝毫没有要自杀的迹象。"

其他演员纷纷点头表示赞同。

"能否详细说说当时的情况?"太田要求道。四个人似乎很难开口,但还是说了当时谈话的内容和经过。可根据加贺的判断,其中似乎并不存在与靖子自杀有关的线索。

"最后和她在一起的是谁?"加贺问道。这时,一直低着头的未绪抬起头,湿润的眼睛有些发红。

"你们俩去哪儿了吗?"

"没有,看望柳生后,我们一起往回走。我在富士见台站下车,我们是在那里分开的。"

靖子住的公寓在中村桥站附近,是在富士见台的下一站。

加贺看着绀野和亚希子问道:"其他人呢?"

"我们俩去了酒吧。就是那个叫 NET BAR 的酒吧。"绀野答道,目光似乎在抱怨加贺明知故问。

加贺又看向未绪。"分别时,她的情绪怎么样?"

"并没觉得与平常不同……也许是我感觉迟钝。"

"比如说,她有没有说过明天不想参加练习之类的话?"

"没有。"未绪小声答道。

随后,太田又面向所有人。"森井靖子对这些天来发生的一连串案件是否说过什么?"他问道。

柳生说:"我们议论的时候,她也应声说过一些话,但并未发表过她自己的意见。"大家也都点头表示同意。

最后,太田又问五个人有没有关于靖子杀害梶田的线索。

"没有。"绀野回答,"大部分都很尊重梶田老师,靖子更是敬佩老师。"

"哦?"太田似乎极感兴趣,"他们只是单纯的师生关系吗?"

旁边的柳生神色严厉地问道:"什么意思?"

太田立刻直言不讳:"她是不是爱上了梶田?"

绀野动了动嘴唇,断言道:"她尊敬的是作为艺术家的老师。在我看来仅此而已。"柳生也附和道:"这不是明摆着的吗?"

除此之外,加贺和太田未能从他们口中得到有效的证言。加贺无从知道,这些人是真的毫无头绪,还是在得知凶手是靖子之后也还想包庇她。

道谢后,加贺和太田走出会客室,在高柳静子的带领下来到办公室。总务处主管坂木和一个年轻女职员在等着他们。靖子的电话是她接的。

据她说,靖子来电话是昨天早上九点左右,说由于感冒发烧,想休息一天。因为以前从未有过这种事，她有点吃惊。除此之外，靖子什么都没说。

"啊，但是……"女职员似乎忽然想起了什么，"她最后让我帮她向大家道歉。我以为她是担心自己的休息会给他人的练习带来不便。"

加贺默默点了点头。他想，最后这句话，正是靖子下了悲怆决心的最好说明。

在当晚的会议上，相关人员汇报了森井靖子的死亡情况。好不容易找出的杀害梶田的凶手却已经自杀，侦查员们表情阴沉。

首先汇报的是加贺发现的毒针装置的分析结果。据分析，容器正是市场上常见的装酱油的东西，里面残留的液体是浓缩的烟叶浸出液。针的有关情况尚未分析清楚，但从尖端的形状和粗细来看，与加贺的推理一致，和Ｎ公司生产的软式网球打气用具的针极为相似。根据另外一组的调查结果来看，森井靖子的妹妹在初中和高中时都参加过软式网球社，来东京参加比赛时，还曾在靖子的公寓住过。可以推测，靖子极有可能是通过这种途径知道了打气用具，她的妹妹也有可能将一两个打气用具落在了她房内。

另外，从截面分析，针应该是用锉刀锉断的。从靖子房间的床下发现了锉刀，而且的确是在侦查员们已经确认过的木工店买的。和锉刀同时发现的还有管状硅胶，是用来固定针的，这一点也与加贺的推理基本一致。

"最后，据调查，针尖上的血液与梶田康成的血液一致。"

结束汇报的侦查员回到座位后，会场一片寂静。大家好像都不知该怎样描述自己的感受。

第一个讲话的是富井。"那么……"他环视众人，"既然有这么多物证，就可以断定靖子就是杀害梶田的凶手，但仍然无法弄清关键的动机。这一点大家是怎么想的？"

涩谷警察局的刑警说："从毒针装置复杂的构造来看，应该不是冲动杀人。"由于已经确定凶手，他的表情轻松了不少。

"梶田和森井靖子是不是有什么特殊关系？这种事难免让人想到那方面的动机。"隶属富井小组的资深刑警说道。作为侦破过许多情杀案件的老刑警，这或许是他基于自身经验的直觉。

富井问来自石神井警察局的侦查员们："与上次的正当防卫有没有关联？"

小林站起身。"有关森井靖子的调查虽然刚刚开始，但已经查明她也有在纽约留学的经历，只不过是在四年前。"

"四年前？两年前没去过？"

"只有四年前去过。据说是和高柳亚希子一起到那里的芭蕾舞团学习，目前尚不清楚详细情况。"

"如果是四年前，那就很难想象与风间利之有关。"富井一边挠头一边扭动脖子，连加贺都听到了富井转动脖子时的咔吧声。

涩谷警察局的刑警征求意见似的问富井："如果是这样，很难说正当防卫与梶田被杀一案是否有关。"这句话透露出希望梶田一案就此了结的想法,但富井依旧歪头保持沉默。

"有一点我不太明白。"加贺举起手问道,"梶田一案发生时,靖子究竟有没有不在场证明?"

负责调查此事的本间答道:"这一点以前也说过,想确认各个团员的不在场证明本身就不大可能。但根据我们掌握的情况,靖子有足够的时间下手。如果只是用双面胶在晾晒的衣服上贴上毒针装置,一点时间就够。"

"不,我说的不是安装毒针的时间,而是弄湿衣服的时间。这一点以前确认过,只有六个人有不在场证明,其中就有森井靖子。"

"哦,是吗?"富井急忙翻了翻笔记本,然后点头说道,"对,的确是这样。"

"也就是说,弄湿衣服的并不是森井靖子。"

"但没有时间弄湿衣服,并不能证明森井不是凶手。"本间说道,"也许森井在寻找安装毒针的机会时,梶田的衣服偶然被弄湿,她趁机实施了犯罪。"

"我觉得这太牵强了。"太田说道。

本间闻言,一脸不以为然。"是吗?"

"是啊。从那个装置的构造来看,靖子无论如何需要拿到梶田的上衣。在这种时刻偶然得到机会,怎么想也不尽合理。"

"这么说,太田,你认为森井不是凶手?"

本间一问,太田有点不知所措,一边做出劝慰对方的手势一边问加贺:"你怎么想?"

加贺咽了口口水。"我认为有共犯。"

会议室立刻安静下来，但很快就有人说道："我觉得不太可能。"他并没说出具体理由。也许他没有充分理由，只是感觉不可能存在共犯。

"那些芭蕾舞团的人，我总觉得无法全盘信任。"加贺说，"他们一定还在隐瞒什么。即便在已经明确森井靖子是凶手的今天，他们也没完全说实话。"

"我也有同感。"太田赞成道。

思索片刻后，富井轻轻敲了一下桌子。"在考虑动机时，也将这一点考虑进去吧，虽然我比较倾向于单独犯案的说法。另外，即便上衣被弄湿有点不自然，也不能断言这种事不会偶然发生。"

听到指挥官的话，众人频频点头。

8

加贺一边嚼鸡胗一边说道："刚才我没说，其实还有一些问题无法理解。"

太田喝着酒看向加贺，目光似乎在问："这回又是什么？"

"就是森井靖子自杀的事，她为什么要自杀呢？"

太田挠了挠眉毛。"是这事啊。"他低声说道，"这一点我也很困惑。"

"对吧?"

"不知是出于罪恶感,还是害怕被警察抓住,总之,时机太巧了。为什么偏偏选择在这时自杀呢?"也许是喝了四杯酒有些醉意,太田的声音有些卷舌调了。

"应该不可能有罪恶感。"加贺一边给自己倒啤酒一边说,"她杀了梶田后又要杀柳生。如果真的有罪恶感,不可能还要杀人。"

"这些不合道理的地方最难啊。"太田挥了挥鸡肉串,"靖子在自杀前去看望过柳生。看到因自己而受苦的他,靖子也许忽然产生了罪恶感。"

"难以想象。其实柳生并没受多大苦,靖子他们去看柳生是在出院前一天,柳生已经痊愈。"

"你说得也有道理。"太田咕哝一句,接着说道,"或者是受到关怀同伴的亚希子和绀野等人的影响,陷入了自我厌恶中。"

"倒不能说没有这种可能,但多少都有点牵强。"

加贺喝完啤酒,又要了几串鸡肉串。狭小柜台内侧的老板淡淡地说了声"知道了"。

"我还是认为她是怕被警察抓住而自杀的。的确正像你说的,她选的时间太巧,但她并不知道我们的动向,因此选择这个时间也许是偶然。但她为什么忽然害怕被警察追究?这一点我无法理解。"

"可以考虑柳生的影响。柳生抓住了什么把柄,靖子想除掉他,但失败了。即便想再下手,也由于防范严密而作罢。这样下去事情肯定会败露，靖子便想到了自杀。我的推测怎么样？"

"有道理，但必须弄清柳生到底抓到了什么把柄。可柳生实际上什么把柄也没有抓住。这一点既然已经清楚了，那靖子理应放心。"

鸡肉串端上来了。太田先拿过一串飞快地吃掉，然后说道："凶手嘛，不管有什么事也不会放心的，总会往坏处想。"

"这一点我也明白。"

"对靖子来说，即便柳生说自己什么都不知道，在她听来也像在撒谎，就是这么回事。"

太田喝干杯中的酒，又要了一杯，这已经是第五杯了。

"差不多了吧。喝醉后回去，又得挨夫人骂。"

"说什么呢，喝这一点她不会说什么的。"

太田拿起斟满的酒杯，喝了五分之一左右，醉眼惺忪地看着加贺。"对了，"这位前辈说道，"你不娶老婆，是不是害怕喝酒后挨骂？别担心。一开始管好就没事的。"

"不是因为这个。"加贺喝了口啤酒。

"那理由是什么？"

"没什么理由，有理由又怎么样？"

"这样不好，你还拒绝相亲。"

"相亲？怎么忽然说起这个？"

"忽然想起来的。"

"真是的。"

其实太田也给加贺介绍过对象。另外,富井也给他介绍过两个,一起去看芭蕾舞的正是其中之一。

"怎么说呢,只能说现在还不大感兴趣。"

"如果这么想,弄不好就会一辈子单身。你可要知道,警察可不是什么香饽饽。"

"知道,我很清楚。但我还不着急。而且结婚对象还是得自己找。"

太田"哼"了一声后,又喝掉五分之一的酒。"对了,我们刚才说到哪儿了?"

"说到柳生是不是抓住了什么把柄,导致森井靖子如履薄冰。"

"啊,对。"太田晃晃悠悠地点点头,"有关两年前梶田去美国的事,她是怕柳生查清后公开其中秘密。"

"但真奇怪啊。"

太田眯起醉眼看着加贺。"怎么了?"

"假设成功杀了柳生,那靖子就会没事?即便柳生被杀,我们也会像现在这样去调查的,而且早晚会知道柳生在调查两年前梶田去美国的事。这样对她来说也无所谓?还是她觉得柳生可能会发现,但警察绝对不会?"

"她可能正是相信这一点,只能这么认为。"随后,太田又口齿不清地补充道,"她太小看我们了。"

"会是这样吗?"

加贺觉得并非如此。他认为凶手即使已经杀了一个人,一般也不会再想杀第二个。即便得知柳生正在调查什么秘密，一般也会先观察一段时间。比如以帮助柳生的姿态接近他，掌握他的调查进展和内容。如果柳生什么也没有找到，就没有危险了。如果他接近真相，那时再实施第二次杀人也不晚。

她为什么没有这样做？

是因为没有时间了吗？

"不明白。"加贺一边喝啤酒一边自语道。这时，太田笑眯眯地说："很好，继续烦恼吧，只有这样才能成长。复杂的案件对刑警的成长是很有价值的。"

"别开玩笑了，我可不需要这样的价值。"说完这句话，加贺脑中忽然有了新的想法。虽然略显单薄，却是至今没有尝试过的解释。"太田前辈，"加贺说道，"杀害柳生未遂一案，对靖子来说是不是毫无价值？"

"……什么意思？"

"如果说到发生那起案件后的变化，就只有警方执着于梶田两年前去美国的事上，别的一点变化都没有。也就是说，那起案件是为了将我们的注意力转移到梶田去美国这一点上而策划的。"

太田将拿到嘴边的酒杯放回了柜台上。"难道是障眼法？"

"也许还有更为紧迫的情况。侦查员已经到了纽约，如果没有发生柳生一案，有关纽约的调查会针对所有团员，而且是不限时期的全面调查。正因有了那起案件，我们的精力才集中到调查梶田去美国一事上。"

"你是说森井靖子害怕警察调查梶田去美国以外的事?"

"正是。梶田两年前去美国应该是无关紧要的。"

"这么说,到底什么才与案件有关?"

加贺用右手的中指按着太阳穴说道:"我记得森井靖子也去纽约学习过。"

"你是指四年前?"太田握拳猛击柜台,其他客人吃惊地看着他们。

第四章

1

离约定的时间还有约二十分钟。加贺在靠窗的位置坐下,向端来水的服务员点了一杯皇家奶茶。服务员回应后问道:"那起案子后来怎么样了?"

在正当防卫一案发生后,加贺和太田曾到这家店了解过情况。在案发的几个小时前,风间利之曾在这家店远观高柳芭蕾舞团。

服务员好像记住了加贺。

"束手无策呀。"加贺苦笑道,"真是枉费了你特意给我们提供的有用信息。"

"是吗?对了,那个芭蕾舞团最近是不是接连发生了很多案子?"

"好像是的。"

"好像?刑警先生,你不是在调查吗?"

"那倒是……我想喝奶茶了。"加贺催促道。服务员将托盘拿在身后走向柜台,向柜台内侧的男子传达了一声,然后又以同样的姿势回到加贺身边。店里没有其他客人,她好像很闲。

"凶手是不是那个芭蕾舞团内部的人?我前几天在报纸上看过。"

她指的是靖子。从靖子自杀起,已经过了三天。

"你对这事很关心啊。"

"毕竟这种事很少发生嘛。而且我很讨厌那里的人,感觉都装腔作势的。"

"他们经常来吗?"

"来,天天来。我可以坐在这里吗?"她指着加贺面前的椅子说道。

"一会儿就来人,但那之前可以。"

"谁要来?女朋友?"她边说边坐下。

"是你讨厌的芭蕾舞团的人。"

她一听,表情变得像是吃了什么难吃的东西。随后,她把脸靠近加贺。"对了,那个已经自杀的凶手,就是那个舞蹈演员,以前几乎天天都来这里。"

"白天吗?"

"对,现在想想,是有点奇怪。"

正谈在兴头上,柜台内侧的男子叫了一声"小雪"。她起身去取奶茶,好像还顺便对那人说:"我得回答刑警的问题,如果有客人来就拜托了。"回来后,她将奶茶放到加贺面前,又坐了下来。

加贺催促道:"哪一点奇怪?"

她用右手摆弄着长发说:"她一般是在午饭时来这里,但从来不吃东西,只喝点饮料。"

这当然了,加贺想。既然那么注意饮食,若在外面下馆子,岂不是前功尽弃?

"其实这种人不少。即便不跳芭蕾舞,为了减肥也会这么做。但自从那个芭蕾舞团的艺术总监被杀后,她就有了很大变化,开始猛吃三明治、肉酱意大利面什么的。绝不是偶然,真的是那件事发生后变成这样的。"

"是吗?"加贺觉得这一点值得注意。

如果她的话是真的——恐怕是真的,那么靖子杀梶田就是出于怨恨。原本出于对梶田的尊敬,靖子一心想改变身材,但这种尊敬之情一旦转变为怨恨,就没有必要继续减肥了。

"一般来说,杀了人后是不会有什么食欲的,对吧?她却正好相反。那个地方的人果然都是怪人。"

"明白了,我会参考的。"

"不用做记录吗?"

"嗯,我会好好记录的。"

加贺说完拿出记事本,服务员这才非常满足地离开了座位。

加贺边佯装在记事本上记东西,边看了看手表。六点二十五分,还有五分钟。记事本上草草地写着"六点半 咖啡店 中野"几个字。

加贺打算和中野妙子谈谈刚才服务员讲的话。

今天午后,加贺在涩谷警察局与妙子取得了联系,说有点问题想咨询,问她今晚能不能在 NET BAR 见面。

妙子回答:"既然这样,能不能陪我吃饭?今晚原本就想出去吃。而且如果去那个酒吧,很可能会碰上柳生他们。"

"可以啊。"加贺答道。他反正也需要找个地方吃饭,而且如果碰见柳生他们也确实不好。

靖子自杀后,加贺很想和妙子谈一谈。最初还是妙子告诉加贺,受梶田的影响,有不少舞蹈演员热衷减肥,而且靖子就是这些人中的典型。正因如此,加贺很想听听妙子的意见。

有关靖子四年前去美国的事,调查还没有多大进展。据纽约那边的消息,为了查清靖子和亚希子在那边究竟和谁接触过,侦查员花了不少精力。靖子和亚希子当时只待了半年,而且如今人员构成也有了一些变化,当时教过她们的编舞约翰·托马斯在三年前去了别的芭蕾舞团。

听到这些情况后,加贺对自己的推理更有信心了。杀害柳生未遂一案果然是靖子策划的。在那起案件后,与纽约有关的调查都集中在两年前的梶田身上。对她来说,调查两年前的事与她毫无关系。

但加贺不得不承认还有一个很大的疑点。如果他的推理成立,那此案与风间利之的关系究竟该怎样解释?难道与风间一案无关?芭蕾舞团只是恰巧在同一时期发生了一连串不幸事件?

加贺认为这绝对不可能。一定在某处有所关联。

石神井警察局也在全力寻找关联性。他们的心情也可以理解。再过几天，叶琉子的拘留期限就满了，不可能再延长。而且在目前情况下，检察官也很难处理这件事。不仅尚未弄清风间与杀人案的关系，杀人案本身的犯罪动机又不清楚。

加贺想，既然没有逃跑的危险，警方只能暂时释放叶琉子，等待进一步的调查。

喝完奶茶，中野妙子终于出现了。她穿着有垫肩的灰色外套，英姿飒爽地向加贺走来。

"你好……"加贺向妙子打招呼，却没有说完，因为他看到了跟在妙子身后的浅冈未绪。未绪穿着粉红色紧身连衣裙，戴着珊瑚耳环。

看到加贺，未绪似乎也有点吃惊。妙子顺着加贺的视线回头看了看未绪，愉快地说："是我约她来的，一起来也可以吧？"

加贺不知如何回答，正在犹豫，未绪不好意思地说道："原来老师想见的人是这位呀。那我还是回去吧。不能打扰人家工作。"

妙子向加贺征求同意："不会打扰的，是吧？"

"先坐下再说吧。"加贺指着椅子示意。落座后未绪一直低着头。加贺发现站在柜台前的服务员用充满敌意的眼神看着他们。"知道了。"加贺说道，"那浅冈小姐也一起吧。"

"你看。"妙子用胳膊肘碰了碰未绪的手臂。未绪抬起头问道："可以吗？"

加贺点点头。"可以。"说实话,他想不出拒绝未绪的理由,"对了,两位想喝点什么?"

"不用了。我已经预订了餐厅。"妙子说着站了起来。

中野妙子领两人去的是一家意大利餐馆,坐出租车大约需要十分钟。这家餐馆位于住宅区中央,远看像是一座白色小教堂。要不是有招牌,完全看不出是什么店。进入店里,妙子向服务员报上名字,三人被领到靠墙的桌边。

加贺对意大利菜一无所知,于是点了一份菜谱最上方写的"推荐套餐"。妙子对意大利菜非常熟悉,慎重地从开胃菜点到餐后甜点。未绪则点了两个单品。

加贺问妙子:"这么多,吃得了吗?"

"我比较喜欢吃,以前梶田老师没少为这事挖苦我。"

"估计也是。"

她提起梶田,一定是为了让加贺自然地转换话题。加贺接受了她的好意。

"刚才咖啡店的服务员说了很有意思的话。"

妙子和未绪几乎同时问道:"服务员?"

他把在咖啡店听到的话讲给两人听,但对她们来说,这好像并不是什么意外的话题,她们催促加贺继续讲。

"森井靖子究竟有多么尊重梶田先生,为了不让他失望,她究竟付出了多少努力,这一点在搜查她的房间时已经明白了。既然这么尊重他,为何还要杀他,这一点是目前最让我们感到困惑的。"

妙子也附和道:"的确是个大疑问。"或许是不想回答这一问题,未绪只是看着墙上的装饰灯。

"一想起这件事,我就头疼。"加贺说道。

"是啊,我也很同情你。"

"今天约你出来,就是想了解森井靖子的情况。她究竟是一个什么样的舞蹈演员,芭蕾舞对她而言到底意味着什么,梶田先生的存在如何改变了她,等等。"

妙子闻言,开玩笑似的耸了耸肩,并靠向未绪。"未绪,听见了吧?他问了一个非常难回答的问题,加贺先生的问题总是这样。"

"我相信你能够回答。"

这时,服务员拿来了白葡萄酒,斟满各个杯子。服务员走后,妙子像是征求未绪意见似的说道:"回答这个问题,首先得从靖子的成绩开始说起。"未绪轻轻点了点头。

"那就从那里开始吧。"加贺说道,"可以慢慢来,反正有时间。"

"我会注意内容的分寸,尽量不影响我们的食欲。"说完,妙子抿了一口酒,"她离开岩手县进入我们学校,是在上高中的时候。说实话,她一开始给人的感觉并不是特别机灵。但开始练习后,我们都吃了一惊。世界上竟然还有跳得这么完美的孩子。一时间,大家都目瞪口呆。总之,大家都确信她会成为一名出色的舞者。"

"这个情况我也听高柳静子老师说过。"未绪补充道。

"那一段时间,她成了团里议论的话题。事实上,她后来也很顺利，实力也逐渐达到在国内各种比赛中都能轻松获奖的程度。当时，我们团里已经有了高柳亚希子这样一个未来一定会成为首席女演员的人才，但靖子也几乎不相上下。入团后，她渐渐得到重视，也演过一些重要的角色。可大概从二十岁左右起，她的舞明显不如以前精彩了。"

"原因是……"加贺问道。

妙子思索片刻后问道："你知道洛桑国际芭蕾舞比赛吗？"加贺回答说不知道。

"是二十岁以下的舞者参加的比赛，如果获奖，就可以去海外的芭蕾舞学校留学，还可以得到奖学金。当然，参赛者来自世界各国，最后能进入决赛的只有十几人，竞争非常激烈。"

加贺点点头，端起白葡萄酒。服务员端来了开胃菜。妙子吃了一口虾，说道："这个虾真好吃，未绪也吃啊。"

"不了。"未绪从桌子下露出小手，中指上戴着金戒指。

"这孩子不吃。"妙子用叉子指着未绪，"以前也和你说过，她不是特意减肥，而是这些就够了，是吧？"

未绪有点害羞地点了点头。

"是因为胃小吗？"加贺问道。

"我想是这样的。"未绪回答说，"吃一点就饱了。"

"因此不用担心变胖。别的女孩听了得嫉妒死。还能穿进这么夸张的连衣裙。"

未绪一脸不安。"这裙子很奇怪吗？"

"不，很合适。"加贺急忙说道，"很可爱，还很有魅力。珊瑚耳环也很漂亮。"

未绪一边瞥着妙子一边说了声"谢谢"。

妙子噘起嘴。"怎么不夸夸我呀。"

"你也非常漂亮。"加贺有点不好意思，"太漂亮了，我实在找不到合适的话。但夸奖前，我还想继续听刚才的话。关于芭蕾舞比赛的事。"

"真想让你先夸我，但算了。还是讲讲洛桑的比赛吧。"

"那就拜托了。"加贺又说了一遍。

"洛桑国际芭蕾舞比赛每年都举办。也就是说，每年都有那么多舞者会开始成长自立。问题是至今为止，那些获奖的孩子直接成长为一流舞者的少之又少。知道为什么吗？"

"不知道。"加贺回答。他当然不可能知道。

"当然有各种原因，但最大的原因在于体形变化。尤其是女孩子。因为参加洛桑国际芭蕾舞比赛时，舞者的年龄一般都在十六七岁，还没有长成成年人的体形。体操运动员也是这样的。人小的时候，身体轻巧，很容易完成高难动作。但成年后就不一样了。随着身体发育，有了皮下脂肪，就很难再跳出理想的舞蹈。但这才是自己真正的身材。若想作为一名舞者生存，就应以成年后的身材接受挑战。洛桑芭蕾舞比赛时的胜利只是以临时的身材取得的胜利。"

"森井靖子跳得那么好，也是依靠了临时的身材？"

"可以这么说。"

"随着体形变得有女人味，舞跳得也就不尽如人意了？"

"嗯，借用时髦的说法，就是魔法已经失灵了。"说着，她看了一眼未绪，"但有些人的魔法始终都很灵。"未绪察觉到是指自己，表情似乎有点不自然。

"但每个人多少都体验过这种情况。"中野妙子说，"而克服这个问题的唯一办法就是锻炼。在已是成人体形的前提下，重新进行彻底的基础训练。将此前依靠年轻和未发育的身材完成的动作，用成人的身体和娴熟的技巧来超越。只有这样，才能成为专业舞者。靖子自然也明白这一点。正因如此，她才不得不付出百倍努力。努力的成果肯定会显现。只要坚持练习，她早晚会成为一名出色的舞者。"

"你是说她后来中断了练习？"

"她并没有中断。"妙子拿着酒杯摇头道，"只是走错了一步。亚希子的存在让她误入歧途。"

菜陆续端来，谈话也不得不中断。未绪开始一根一根吃意大利面。加贺想，等她吃完，恐怕天都亮了。

"与靖子相反，亚希子顺利地朝着女主角的方向发展。"妙子继续说道，"我以前应该也说过，她除了天赋，还有梶田老师欣赏的身材。靖子其实不必在意。即便身材没有达到梶田老师的要求，只要按照既定目标努力，早晚可以实现理想，梶田老师到时候不想认可都不行。遗憾的是，她没有这样做，而是与其他舞者一样，也想通过减肥达到与亚希子一样的身材。"

妙子稍微停顿,吃了点东西。加贺也跟着吃起来。未绪则放下意大利面,开始吃蒸鱼。

"归根结底,她还是欺骗了自己。"妙子说,"让她模仿曾经是竞争对手的亚希子,她肯定心有不甘。但如果不这样做,就不可能得到梶田老师的认可。我想这种悖论一直令她不快。她的舞蹈技巧明明很棒,却越来越无法发挥,有时还会忽然出现令人无法想象的失误。她一边欺骗自己一边跳舞,心里的不平衡便通过失误显现出来。"

"那为什么不阻止她减肥?"加贺问道。

"当然说过,但她不听。她怕如果不按梶田老师的要求去做,就会被疏远。她的精神已被束缚,没有别的办法。"妙子为难地摇摇头,"最终到了今天这一步。如果问我她是一个怎样的舞者,我只能说,她是一个可怜的舞者。"

有关靖子杀害梶田的动机,中野妙子说自己也没有任何线索。即便靖子苦恼的原因在于梶田,但那是她自己的选择,她应该明白这一点。加贺也这么认为。然而,当加贺问到靖子和梶田之间是否不仅仅是师生关系时,妙子的想法与绀野等人有所不同。

"我不知道梶田老师怎么想,但我想靖子是爱他的。"妙子一边喝饭后咖啡一边断言。

"根据是……"加贺问道。

"靖子是怀着崇敬的心情与梶田老师接触的,这种心情转变成爱也很自然。正是由于爱他,为了不让他失望,靖子才能够忍受种种痛苦。"说完,妙子问未绪是不是这样,未绪只是为难地低下头。

"当我听说凶器就在靖子的房间时,我就确信了这件事。"妙子看着加贺,"在一般情况下,凶手会立刻丢掉这些东西。正因为她爱他,才没舍得丢弃。凶器也是一种纪念品。"

是这样吗?加贺陷入思考。

走出餐馆,妙子很快叫了一辆出租车。加贺原以为她要坐,没想到她是让加贺送未绪回去。

加贺问道:"那中野小姐你呢?"

"我再找个地方喝一点。"

"知道了。"

向妙子道谢后,加贺先让未绪上车,然后自己也上了车。

车朝富士见台方向开了一会儿,未绪说:"动机还是必须弄清楚,是吗?"

"嗯?"反问后,加贺答道,"是的,为什么这么问?"

"因为……"她说,"我想靖子是为了赎罪才自杀的。是不是不必过于追究她的隐私……"

"其实我们也并不想这么做。但如果不弄清疑点,你们就永远不能解脱,而且也不可能救斋藤叶琉子小姐。"

"是啊,的确是这样。"未绪望着窗外,小声说了一句"对不起"。

回到住处时,加贺看到有两条电话留言。一条来自读警察学校时的朋友，说很长时间没有和加贺切磋，想较量一番。这里指的是剑道。即便是现在，在警视厅范围内，也没有人能够超越加贺。另一条则来自父亲："相亲的事，我帮你拒绝了。伯母一直担心你能否自己找到合适的对象。我也不怎么相信，但既然你说不用，我也不得不相信。另外，以前说的朋友儿子的交通事故，虽然仍有点争执，但也快解决了，别担心。今天就这些。"

和往常一样，留言的语气还是那么刻板，而且没有多少实际内容。就算是那样的父亲，一旦从警察岗位上退休，一个人生活在老房子里，也会变得如此寂寞。这还真有点奇怪。

担心你能否自己找到合适的对象……

"找一个其实不难。"加贺喃喃道。

2

听说纽约传来了极为重要的消息，加贺和太田急忙赶到石神井警察局。那是在和中野妙子她们吃饭的两天后。

在刑事科的办公室内，小林警部补一本正经地说："那边终于找到了教过森井靖子她们的编舞约翰·托马斯，并从他那里得到了宝贵的证词。"

从他的表情可以看出，得到的信息很重要。

"其实在四年前，除了靖子和高柳亚希子，还有两个高柳芭蕾舞团的人去过那里。"

"还有两个人？"加贺和太田异口同声地问道。

"是的。但不是舞蹈演员，而是高柳静子和梶田康成。"

"那两个人？为什么？"加贺问道。

"据说最初只是去看看她们，但最后不只是去看了她们，还把她们领回来了。按当初的计划，靖子她们还应在那里待两个月左右。"

"是不是出了什么事？"太田抱起胳膊。

"托马斯说他不知道具体理由。"小林说道，"我也还没问过高柳静子。"他好像想进一步了解周边情况后再问。

"这么说，高柳静子和梶田在那边待的时间很短啊。"加贺说道。

"高柳静子确实如此。她领着两名舞蹈演员马上回到了日本。"小林意味深长地说，"但梶田不一样。他在纽约多待了几天。重点就在这里。在那期间，梶田经常去托马斯的排练厅，而当时还来过警察。"

"警察？"太田抬高声音，"为什么？"

"很遗憾，托马斯不记得警察为什么来，但他确定警察来是为了打听两个日本人的情况。于是他喊来当时碰巧在场的梶田，让他帮忙回答。"

"他不记得问的是什么了？"太田满脸失望。

"是啊，因为是很久以前发生的事。来过警察那件事也是好不容易才想起来的。现在正让人调查警察问的内容。"

太田揶揄般地说道："好不容易才得到了一个有点价值的情报。"

小林认真地辩护道："他们做得很好。我以前也说过，两年前梶田去的时候和四年前靖子去的时候相比，那里的芭蕾舞团的情况有了很大变化，因此这次的调查应该相当困难。"

"这么说，我们应该感谢去纽约的侦查员？"

"是啊。"小林说道。

走出石神井警察局，加贺和太田决定前往位于中村桥的森井靖子的住处，因为有一件事需要立即了解。来自总部的消息称，住在靖子楼上的人说了一些意味深长的话。

那人是在一家软件公司工作的白领，到昨天为止都在富山出差。由于他出发的日子正好是发现靖子尸体的前一天，因此直到回来，他都不知道有案件发生。

"听说出事的正是楼下的房间，我还觉得毛骨悚然的。后来看报纸时，有件事我很在意，便报了警。"可能是由于睡眠不足，年轻人面色苍白，边说边揉眼睛。"公司和客户发生纠纷，去富山就是为了解决这个问题。"年轻人苦笑着说，"这几天几乎没睡觉，一直在工作，今天是带薪休假。"已经过了中午，他还穿着睡衣，可见他说的不是假话。

加贺站在门口问道："到底发生了什么？"

"是这样的。我出差前一天，也就是她自杀的前两天，由于要坐第二天一早的车出差，而且事发突然，我整理行李一直到很晚，弄完已经是凌晨两点左右了。我铺好被子,熄灯后正准备睡觉,楼下忽然传来说话声。"

"哦?"太田问道,"确实是楼下?"

年轻人像是在说多大的秘密:"没错。这栋公寓相当旧,经常能听见隔壁的声音,尤其是楼下的声音。"

加贺想,这和自己住的公寓差不多。

太田点点头继续问道:"什么样的声音?"

"这我就说不好了,但好像是女人的说话声。也许是那个自杀的女人在说话。声音不太清晰,但的确在说话。"

"说话声持续了多长时间?"加贺问道。

"不知道,我太困,也没看表。但从开始到结束,好像有三十多分钟。然后传来开门声,好像有人离开。"

"有人离开?你确定吗?"

"确定,不可能听错。"

这么说,靖子不是在打电话,而是有人来找过她。会是谁在深夜来访呢?

"以前发生过这种情况吗?就是深夜有人来访或听见说话声。"太田问道。

"没听见过有说话声,但有时能清楚地听见其他动静。"年轻人说道,"平时几乎没有人,星期天也见不到人。早知道她是跳芭蕾舞的,混熟点就好了。但我万万没想到那种人会住在这种公寓。"

他的话反映了普通人对芭蕾舞演员的印象。加贺在几周前也是这么想的。

与年轻人道别后，太田和搜查本部取得了联系。按照富井的指示，他们决定在附近进一步了解情况，主要是为了调查是否有人目击到这个神秘来客。

首先询问的是住在靖子隔壁的学生，他说没听见。当时是半夜两点，但他并未睡觉，而是一直在打游戏。热衷玩游戏的人没听见隔壁的动静也很正常。

他们又问了公寓附近的几户人家，都说没见到有人来过。案件发生在一周前，而且又是深夜两点，得不到有力证词也很自然。

"你觉得是谁？"太田喝了一口黑咖啡，苦得直皱眉，急忙放糖。在附近调查一圈后，两个人走进一家咖啡店休息。这家店从外面看是一座漂亮的洋楼，但店内更像一家陈旧的酒吧。

"不清楚。但既然允许对方在深夜进屋，肯定是很熟悉的人。如果是个男人，一定不是一般的朋友。"

"也就是说，如果是男人，关系肯定很特殊。"

"是的。"

"嗯。"太田又往杯子里倒满了牛奶。咖啡似乎极不好喝。加贺喝的是红茶。

"另外还有一种可能，也就是不得不让对方进房间。比如被抓住了什么把柄。"

"有道理。"加贺点点头，"如果有什么把柄，那就是杀梶田一事了。"

"大概是吧。"太田说道。

不管怎么说,可以肯定,这个神秘访客与靖子自杀很可能有关。在此人来访后的第二天,靖子向芭蕾舞团请假,第三天就自杀了。

"自杀这一点是确定的,但也许有必要转变思路。比如你提出的共犯说法。那个访客有可能是共犯。"

"我也有同感。"加贺说道,"但那个共犯应该没对她做什么。"

靖子肯定是自杀,各种情况都能证明这一点。根据她体内检测出大量安眠药这一结果,可以推断她一次性吞下了几十粒药,而且药弄到手的经过也已查明。

"该给总部打电话了。"太田看着手表说道,"那边正向出租车公司了解情况。深夜两点一般没有电车,那个访客极有可能是坐出租车回去的。如果是这样,肯定是从靖子住的公寓里叫的车。问一下这附近二十四小时营业的出租车公司,很快就会查清。"

"舞蹈演员们大都住在这一带,虽然不太远,但步行还是不太可能。会不会是自己开车来的?"

"如果是自己开车,就可以缩小范围。"

太田去打店内的公用电话。过了几分钟,他回到座位上。从他的表情可以推测没有什么收获。

"已经挨家问过,但没有发现去靖子的住处拉客的车。那么是自己开车?"

加贺边回想未绪是否有驾照,边说道:"应该调查谁有驾照并且可以随时用车。"

"石神井警察局或许会有相关资料。好，咱们去看看。"

在太田的催促下，加贺也站了起来。

到达石神井警察局时，天已经黑了。探听靖子公寓周边的情况意外地花了很长时间。

两人来到刑事科。一看到他们，小林急忙走了过来。

"我正想联系你们。有了新消息。我白天说过，四年前纽约市警察局的警察为了调查日本舞蹈演员的事，曾去约翰·托马斯那儿了解情况。这件事终于确认了。"

"究竟是怎么回事？"太田问道。

"据那边的报告，是与一件杀人未遂案有关。"

"杀人未遂？"

"郊外的宾馆里发生了刺伤男性日本客人的案件。"

如果概括小林警部补的话，案件经过如下：

人们在宾馆的一个房间中发现一名男子倒在血泊中。发现时，男子已经没有意识。服务员称，他是和一名女子一起入住的。在入住名单中，的确也有男女两人的名字。但警方很快查明两个人的名字都是假的。他们在男子身上找到了身份证明。

由于男子一直没有恢复意识，第二天，警察去了他的住处。警察从邻居那里了解到，男子好像有女朋友，虽不大清楚长相，但有人知道她是纽约芭蕾舞团的日本舞蹈演员。于是警察来到纽约芭蕾舞团，与负责照顾日本舞蹈演员的约翰·托马斯见了面。

"警察盘问托马斯，说你们芭蕾舞团应该有一个日本舞蹈演员与这名男子谈恋爱。但托马斯好像未能回答。他对舞蹈演员的私生活毫无兴趣。代替托马斯回答警方问题的是当时正好在排练厅的梶田康成。警方还有当时询问的记录。梶田的回答是：'他们是在谈恋爱，但感情并不深。而且她现在已经不在这里，昨晚就回日本了。'"

"她们回国那天发生了那起案件？"加贺咬起嘴唇。无论怎么想，也不像是偶然发生的。

"警察接着问了那个舞蹈演员的名字，梶田回答是森井靖子。"

传来了咣的一声，是太田在敲桌子。"这里出现了靖子？"

"但如果是这样，纽约市的警察不是理所当然地会怀疑森井靖子吗？"加贺问道。

"当然。"小林回答说，"但嫌疑很快就消失了。男子恢复了意识。他在病床上说，一起入住的女子是在大街上认识的，以前并没见过。警方也问过日本舞蹈演员的情况，但男子说与她无关。"

"哦……"太田露出一种被戏弄的表情。加贺也有同感。

"既然当事人这么说，纽约市的警察也只能根据他的证词进行调查。好像花了不少时间，但最终未能找到凶手。这种事经常发生，何况被害者也没死，便这么不了了之了。"

太田问道："那个差一点被杀的日本人叫什么名字？"

"青木一弘，是在那边学习绘画的留学生。后来的情况就不知道了。"小林边看记录边回答，"现在正打听他的下落。另外，我们也想把去纽约留学的美术生名单列出来。这样也许能轻松弄清事情的来龙去脉。"

其实,加贺也曾怀疑过风间是不是在那边认识了谁,并咨询过好几个留学生。正回想这些问题时,他的脑海里忽然闪过一件事。"啊!"他不由得喊道。

太田和小林吃惊地望着他。小林问道:"怎么了?"

"想起来了。青木一弘,没错。我知道这个人。"

"知道?你怎么知道?"从太田的表情看,他好像有点生气。

加贺看着他说:"太田前辈肯定也知道,那个人现在已经回日本了。"

3

在车站前的小商业街一端,有一间挂着青木不动产牌子的狭窄门面,入口的玻璃门上贴满了有关楼房或公寓的房源信息:一室一厨,带卫生间和淋浴,月租金六万三千元,只限女性等等。

"是这里吧?"站在门前,太田重复了一句。因为以前来过,他一定是想起了当时的情形。

打开玻璃门进去,正面有一个小柜台,对面摆着两张桌子。坐在其中一张桌旁的半老男人看到加贺他们后站了起来。

"我们不是来找房子的。"加贺说,"而是想问问有关青木一弘的情况。"

头发花白的男人呆呆地盯着加贺递过来的证件，很快便回过神，表情紧张起来。"两位是警察啊。真对不起。只要是两位男客人，总是有所警觉，都成习惯了。"他多次低头致歉，认真地问，"我儿子怎么了？"

"是这样……"太田思索片刻后说，"能不能让我们先上一炷香？"

打开办公室的后门，里面就是居住区，门边的和室里有一个佛龛，前面摆着镶在黑框里的青木一弘的照片。清瘦的脸庞，双颊略显凹陷，给人一种神经质的感觉。他的双眼略微失焦，显得空虚茫然。

烧完香后回到办公室，一名年轻女子打开玻璃门走进来。加贺知道她不是客人。她一开始好像也以为来的是客人，但很快反应过来。"啊，是警察……"

"那天可多谢你了。"加贺说，"刚给你哥哥的牌位上了一炷香。"

"哦。"女子小声说道。

以前来这里时，店铺并未开门营业，只有她一个人在看店。当时她父亲去纽约认领自杀了的儿子的遗体。那时她说的话，加贺至今还清楚地记得。

哥哥是被纽约吞没的……

加贺和太田面对青木和夫，在会客用的沙发上坐下。和夫摸着花白的头发说道："我没有反对过一弘学画。能做自己想做的事是最好的。不过，我也想到他当画家是不能糊口的。不管是在学校当美术老师，或者经营绘画相关的店铺，只要在我还健康时定下来就可以。但我从没想过他会去美国。"

"您没反对？"太田问道。

"没有。我想这样也可以，趁年轻可以多闯闯。"

看来青木和夫属于比较开明的父亲。

太田接着问道："他经常和家里联系吗？"

"一开始定期来信，后来逐渐少了。但直到去年夏天还是有联系的。可是由于他不告诉我们地址，我们无法与他联系。"女儿纯子端来茶。真是香气浓郁的好茶。"但我想，只要他没事就好。四年前那件事可把我吓坏了。"

"是那边联系您的？"

他们万万没想到，这位父亲竟然知道那件事。

"警察联系过我们。听说没有生命危险，我才放心，但伤得好像挺严重的。我无法离开，亲戚便替我去看了他。我再次觉得美国是一个可怕的地方。出院以后，本来想劝他回国，但他不听，还私自搬了家。万万没有想到，再次见面时已经变成了遗骨。"青木和夫露出寂寞而无奈的笑容，两手捧着茶杯喝了口茶。

加贺问道："一弘先生具体住在什么样的地方？"

"是个很不像样的房子。"和夫皱着眉头说道，"简直就像垃圾箱一样的简易住宅，有股很怪的气味，到处都有呕吐的痕迹……一弘的房间到处都是酒，如同用酒精浸泡过一样。告诉我们一弘死讯的是住在隔壁的日本人，也就这个人的房间还比较正常。他说是为了学音乐才故意住在这样的地方,虽然不知道他这么说是什么逻辑。总之是个非常糟糕的地方。感觉只要住在那儿就有可能得病。"

从他反复强调的情况来看,那是个令人难以想象的地方。加贺觉得那种景象似乎浮现在眼前。

太田问道:"对了,您了解您儿子自杀的情况吗?"

和夫遗憾地摇摇头。"不知道。邻居说有些神经衰弱。"

"自杀前有没有什么异常举动?"

"通知我们出事的人和一弘的关系并不密切,好像并未注意细节。但据说在自杀的十天前,有人给一弘去过电话。一弘的房间没有电话,所以打到了房东的房间。电话是从日本打过去的国际长途。"

"来自日本?"加贺探身问道,"对方是谁?"

"不知道。"和夫说,"但据说接到电话后,儿子的心情变得极好。"

"心情极好?"太田一脸疑惑,"有关电话的情况就这些?"

"电话就这一次。"和夫回答,"但好像应该会再打来一次。因为几天后一弘对房东说,可能有来自日本的长途电话。结果电话最终没有打来,他深感失望。"

"他在等电话……"太田像征求意见似的看着加贺。加贺摇了摇头,表示不明白。

这时有客人来访,和夫说了声"失陪",便起身离席。

"是谁的电话？"太田小声问道，"是不是靖子的？"

"有可能是。但为何现在又恢复了那种关系呢？"

来客简单说了几句就回去了。是个学生模样的年轻男子。

"现在的学生太奢侈了。"青木和夫苦笑道，"有音响、录像机、床等，东西特别多，需要的房间也就大。"

有一儿一女的太田像是在说自己的事情一样耸了耸肩。"父母可受不了。"

青木和夫重新坐下后说道："是啊。"

加贺像是忽然想起了什么，问道："说到行李，一弘先生的行李是怎么处理的？"

"破烂的就在那边处理掉了，带回来的只有几件有纪念意义的东西和几张画。"

"能否让我们看看？"

"可以啊。"

青木和夫让纯子留下看店，再次进入里间。加贺和太田也跟在后面。他们在有佛龛的房间里等了一会儿，青木从隔壁房间拿着旅行箱和几张画布走了出来。

"小件都在这个箱子里。"

旅行箱里装满了绘画用具、书、收音机、杯子、牛仔裤、T恤衫、墨镜、钢笔以及其他零零碎碎的用品。加贺问是否有日记本或相册之类，青木有点遗憾地说自己也找过，但没有找到。

"这些是儿子的画。我看画得还不错。"说完，他将十几张画依次摆在榻榻米上，弄得加贺和太田没有地方坐，不得不站起来。

青木一弘的画总体上色调暗淡，与佛龛前照片给人的印象一样，笔法细腻。以夜晚的街道为背景的画比较多。画中人物的表情无不充满哀伤和苦恼。

当青木拿出不知是第几张画时，太田用胳膊肘碰了碰加贺说道："喂。"看到这张画时，加贺的眼睛也不由瞪得很大。画中的人物是一个舞蹈演员。

太田自语道："是森井靖子。"

背景仍是夜晚的街道，后面隐约可以看见高层建筑的影子。一个穿白色芭蕾舞裙的舞蹈演员背对画家摆着造型。从身体线条可以看出是靖子，从微微回望的脸来看也确实像她。

"画得不错吧？"青木和夫似乎察觉到两名刑警注意着这张画，高兴地说，"我也认为这张最好。我不懂行，但看了这张画，觉得有什么东西吸引着我。"

太田问："您知不知道这个舞蹈演员是谁？"

"不知道，一弘的房间里也没有名单什么的。究竟是谁呢？只有背影，也没有正面。"

背影……

加贺的记忆中浮现出一句话。背影……

"啊！"他不由得惊呼出声，"太田前辈，您是否还记得宫本清美给风间当过模特的事？"

"嗯？啊，你这么一说，好像有那么回事。"

"那时清美摆的姿势不就是背影吗？风间画了一会儿便说：'如果我离开日本，把自己逼得走投无路，是不是也能画出好画呢。'"

加贺的话让太田瞪大眼睛。"难道风间看过这张画？"

"我想他看过。"加贺说，"风间在纽约唯一有来往的日本人就是青木一弘。靖子和青木是四年前认识的，风间和青木则是两年前相遇的。"

4

叶琉子被释放是在五月初，人们正沉浸在黄金周的喜悦中。但舞蹈演员是没有假期的。和往常一样，他们在排练厅里汗流浃背地练习。

第一个发现叶琉子的是中野妙子。她看了一眼玄关，忽然命令停止练习，演员们便停下动作朝入口方向看去。

叶琉子是在父母陪伴下进来的。她有点憔悴，但秀丽的面庞并没有多大变化。

"叶琉子！"柳生喊道。

听到有人喊自己，叶琉子转脸望着排练厅里的同伴们，表情既不像笑也不像哭。

"叶琉子！"柳生又喊了一声。

高柳静子从里面走出，将他们领到会客室。这时大家才发现叶琉子穿的衣服都是新的,还化着精致的妆。从警察局出来后,她一定精心打扮过。

"我们开始吧。"

随着妙子的指示,舞蹈演员们大声回答后继续练习。

休息时,未绪和柳生被叫到会客室。叶琉子坐在父母中间,母亲广江紧紧握着她的手。

"好像不是免予起诉。"高柳静子说,"只是若继续拘留叶琉子会违反法律,因此才释放的。"

"还有可能被带走?"柳生问道。

"是啊,如果被起诉的话。"静子沉着地回答,"先坐下吧。"她向未绪和柳生示意。

两人坐下后,静子说:"有件事得告诉你们,就是关于叶琉子从今天开始的住处。"在静子看来,在目前的情况下,让叶琉子回到以前与未绪一起住的地方恐怕不大合适。警察仍然监视着叶琉子,一举一动都要非常小心。如果在这种情况下一起住,未绪就不能安心生活,叶琉子也会觉得不好意思。因此,叶琉子最好暂时和她住在一起。"这样的话,父母也会放心,而叶琉子也愿意这样。"

听完静子的解释,未绪看着叶琉子。叶琉子也看着未绪,说:"这样对双方都好。"

很久没有听过她的声音了。"如果叶琉子希望这样,我没有意见。"未绪说道。

"好，就这么定了。下一个是你。"静子望着柳生，说道："叶琉子从今天起在这里住，但现在情况比较特殊，不能像以前那样过于随便。这里会有警察看守。你和大家好好说说，在事情解决以前，最好别和她有太多接触，以免引起不必要的误会。"

柳生看着叶琉子说道："这也是没办法的事。"

"但也不能总让她一个人待着，你和未绪要经常去看看她。有时她也可能需要帮助。"

"遵命。"也许是因为受到信任，柳生高兴地回答。

叶琉子轻声说道："不好意思，给大家添麻烦了。"

"没关系。真希望事情能早日解决。"柳生说道。叶琉子深深点了点头。

静子决定先让叶琉子的父母看看房间。

"我来拿行李。"柳生说道。

"那就拜托了。叶琉子待会儿也过来吧。"静子说完便领着叶琉子的父母出去了。柳生也跟了出去。会客室里只剩下未绪和叶琉子。

"叶琉子。"未绪叫了一声好友的名字。她觉得上次这么叫已是很久以前的事了。

"未绪，你还好吗？"叶琉子问。

未绪紧紧抱住好友，内心涌上一股莫名的情感，不禁流下眼泪，身体也不停地颤抖。"我一直担心你。"她说道。

叶琉子将手放在未绪肩上，在她耳边小声说："我没事。"

"但在那里受了不少苦吧？"

"还行。对了，我听说了梶田老师和靖子的事。情况好像很糟啊。"

未绪点点头。"真不知道怎么会那样……但最近总算平稳下来了，也能和平常一样练习了。"

"马上就有公演了吧。横滨的公演，加油！"

"谢谢。"

未绪再次将脸靠在叶琉子肩上。

5

酒吧里只有一位女客，一手拿着白兰地，另一只手随意转动着桌式足球游戏盘的操纵杆。

加贺向柜台内侧的老板点了一杯加冰块的波本威士忌，拿着酒杯靠近女子。女子好像并未注意到有人走过来。

"以前玩过这种游戏吗？"加贺将放在旁边的玩具球摆在游戏盘中，问道。

高柳亚希子发现是他，有些吃惊地轻轻"啊"了一声。

"你也有一个人喝酒的时候啊。"他来到她对面，用操纵杆移动中场队员。将球顺利踢到左侧后，喝了一口酒。

"案子圆满解决了吗？"亚希子问道。

"不能说圆满。"加贺回答，"还有一点没解决。就差那么一点，但好像相当麻烦。"

"相当麻烦？"

"就是说……"加贺前后移动操纵杆，将球传到前面，"像这个游戏一样。离射进球门只有一步，但真正要将球射进去，需要克服很多障碍，比如对方的后卫和守门员……你看，又失败了。"他的射门撞到亚希子一方的球员，被弹了回来。"能不能告诉我四年前的事？"加贺说，"就是你和森井靖子去纽约时的情况。我尤其想知道有关她男友的情况。"

"靖子的男友？"

"就是青木一弘。"

亚希子闻言，目光有些游移不定，嘴唇动了一下。当加贺凝视她的变化时，她像打消了某种念头似的笑了笑。"你们调查过青木？"

"这就是我们的工作。你认识他？"

"见过一次，不，"她歪着头又说，"也许是两次。"

"他们两个人关系融洽吗？"

"怎么说呢。"亚希子的视线从加贺身上移到他身后的墙上，"很难说爱得有多深，但……他们曾经相爱过。"

"相爱过？"加贺又喝了一口波本威士忌，摆弄着操纵杆，"虽然相爱，但靖子回国后也就不了了之了？"

亚希子似乎对如何回答感到有点为难，但很快便摇了摇头。"没办法，我们不得不过这种生活。"

"这种生活？哦，我明白了。"

"什么？"她不安地看着加贺。

"你和森井靖子忽然提前回国，是因为有人让你们这样做。因为她和一个来历不明的人恋爱，是吗？"

亚希子没有立即回答，一手拿着白兰地，一手继续摆弄操纵杆。

加贺追问道："难道还有别的理由？"

亚希子拢了拢长发，喝了一大口白兰地，然后呼出一口气。"母亲和梶田老师，"她说，"他们最讨厌舞蹈演员过于情绪化，尤其讨厌舞蹈演员谈恋爱。他们认为，女演员一旦有了男朋友，就没有好结果。"

"还会无法专心练功？"

"嗯。"亚希子点点头，"而且一旦谈恋爱，就会涉及结婚和生育问题。他们认为无论哪一点对跳芭蕾都没好处。你知道我是个养女吧？"

"知道。"

"这就是母亲坚持这种生活方式的结果。"

"因此也就没有同意森井靖子谈恋爱？"

亚希子深吸一口气，晃了晃酒杯。白兰地在她手中摇晃。"当时非常不凑巧。"她说，"我们知道母亲和梶田老师会从日本来看我们，因此靖子也打算尽量避免与他约会。她并没有告诉纽约芭蕾舞团的任何人她在谈恋爱，理应不会暴露。失策的是母亲他们提前一天到了纽约。很不走运。我当时和靖子住在一起，当我练习结束后一个人在房间时，母亲和老师忽然进来了。我想将靖子不在一事糊弄过去。但他们不放心，正要出去寻找时，靖子正好由男朋友送了回来。"

"真是不巧。"加贺第一次觉得靖子值得同情。

"不出所料，得知两人的情况后，母亲和梶田老师极力反对，当场命令他们马上断绝关系，并说不能将她继续留在纽约，让她马上回国。由于让她一个人回国有点不自然，便让我也回来了。"

"靖子接受回国吗？"

"接受？"亚希子的表情僵住了。她的眼神似乎是在回味"接受"这个词的含义。"这可不是什么接受不接受的问题。生活在不允许恋爱的世界中的人，就像做梦一般体验了短暂的甜蜜，又重新回到了原来的世界。就是这样。"

"她就没想过坚持到底？继续把这个梦做下去？"

"那个……"她半张着嘴，目光落到游戏盘上，随后眨了眨眼，合上嘴，又喝起了白兰地。

加贺催促道："那个指的是……"

"那个……她好像也想过继续恋爱，但因为无法放弃芭蕾舞才没有坚持。舞蹈演员就是这种人。"

"就是说，她抛弃了青木一弘？"

加贺说完，直直盯着亚希子的眼睛。她短暂地回避了他的眼神，随即又看向他。"没办法,我想靖子也非常难过。"

"男朋友接受吗?"加贺问道,"不,接受这个词也许不恰当,应该是死心。"

"也许吧。"亚希子拿起游戏用的球摆弄了一会儿,又抛到游戏盘上。球在加贺这一方的球员边停了下来。"也许吧。"她重复道,"我觉得他已死心,因为也没有其他办法。"

"嗯。"加贺喝干杯中的酒,又去吧台要了一杯,端回到游戏盘前。

"你是否知道你们离开纽约那天,郊外的宾馆发生了一起杀人未遂案?"加贺的姿势像是要把酒杯递给亚希子。亚希子舔舔嘴唇,犹豫了一会儿,回答说不知道。

"差点被杀的就是青木一弘。"加贺说道,"他和一个女人一起进了宾馆。他被刺,那女人却不知去向。"

"你想说什么?"亚希子警觉地问道。

"青木对警察说,刺伤他的是一个偶遇的女人。警察便寻找与他的供述吻合的女人,但没能找到。为什么没能找到?可以推测青木是在撒谎,是为了包庇女人胡说的。"

"靖子一直和我们在一起。"

"一直在一起,这不过是你们的说法。她完全有可能去宾馆刺伤他,再和你们会合。"

亚希子摇了摇头。"为什么要杀他呢?"

"也许不是有计划的行动。比如说,可能是青木一弘强行带她去宾馆，想和她私奔。但她不想那样做，或者中途改变了想法。为了摆脱青木的纠缠，不得已刺伤了他。"

亚希子用一种像看到了可怕事物般的眼神看着加贺，然后放下酒杯，拿起了包。"怎么会……发生那种荒唐事？"

"哦？我可一点都不觉得荒唐。"

亚希子摇了摇头，慢慢走向加贺。"荒唐至极，简直无话可说。"说完，她很快结了账，头也不回径直向店门走去，但在开门的瞬间，她回头看了加贺一眼。

"我一定会让它水落石出。"加贺说道。亚希子的后背一震，她深吸一口气，开门离去。

加贺望向柜台内侧的老板。"不好意思，我的声音太大了。"老板一脸完全没听见的表情，说了声"没关系"。

加贺一边操纵传球一边想，是不是说得有点多了。但还是有所收获。根据亚希子的反应，他断定自己的推理没错。

他回顾了一下至今为止的调查结果。

四年前去了纽约的靖子与在那里学画的青木一弘坠入情网，但结局并不圆满。靖子回到日本，青木虽被不明身份的人刺伤，搬家后仍留在纽约。

两年后，青木和一个日本留学生相识，那人就是风间利之。风间对青木的画，尤其是那幅有芭蕾舞女演员背影的画感兴趣。

又过了两年，青木在破烂不堪的公寓等待来自日本的电话。但电话迟迟没有打来，他便选择了自杀。

几乎与此同时,风间潜入高柳芭蕾舞团内,遭到斋藤叶琉子的抵抗后死亡。风间原定两天后去纽约。

"好像有点眉目了。"加贺喃喃道。如此一整理,他觉得似乎有了一些头绪,但仍有不少模糊的细节难以断定。

他有两个推断。第一,正如刚才对亚希子说的,刺伤青木的可能是森井靖子。第二,青木等待的电话,拨打者应该不是风间就是靖子。特别是风间的死亡时间与青木等电话的时间完全一致。

无法断定的是风间为何潜入高柳芭蕾舞团的办公室。综合所有情况,他去那里肯定与靖子有关。问题是他为何非要潜入芭蕾舞团不可呢?

如果风间潜入的是靖子的住处,靖子在杀他后主张自己是正当防卫,那就顺理成章了。加贺心不在焉地想着,忽然觉得有种醍醐灌顶的感觉。如果这种推理成立,的确无懈可击。可问题是风间潜入的是高柳芭蕾舞团,之后被斋藤叶琉子所杀。

然后是梶田被杀一案,加贺揉了揉眼角。之前推测刺伤青木的是靖子时,加贺认为靖子杀梶田缘于梶田强行拆散了她和青木,但从目前的情况看,很难说是她为了报仇而这么做的。

"还差一点点。"加贺像是鼓励自己般喃喃道,随后开始尝试在游戏盘上射门。

6

加贺听说未绪又在练习时累倒,是结束调查回到石神井警察局的时候。刚交接班回来的、负责监视叶琉子和芭蕾舞团的同事告诉了他这一情况。

"我觉得有点不对劲。"比加贺稍稍年长的同事说,"她本人说只是忽然觉得难受,但我看并不这么简单。因为她忽然停下动作然后愣着不动,和晕倒是不一样的。"

"去医院了吗?"

"没有,好像没那么严重,自己也还能走。斋藤叶琉子非常担心,一直看着她,但她说没事。可还是难受,今天提前回去了。"

"有人陪着吗?"

"她自己回去的。怎么了?这么担心她。"同事看着加贺笑道。加贺懒得掩饰,便说:"我是那个女孩的粉丝。"

同事闻言,露出一丝惊讶的神色。离开加贺后,他对其他同事说:"真跟不上年轻人的玩笑。"

加贺想,才不是开玩笑。

走出警察局,加贺决定到石神井公园散散步,然后再去车站。他来到公园,沿着以前与未绪走过的路慢慢前行。

梶田的葬礼结束后,他曾应未绪之邀来过这里。那天下着小雨,令人烦闷。今天虽未下雨，但天气很像那一天。

走到与未绪并肩坐过的休息处，加贺看到手持拐杖的老先生和戴圆形眼镜的老妇人坐在那里，就像那天的他们。老先生每说些什么时，老妇人都笑着点头附和。

加贺在旁边的自动售货机上买了一罐饮料，站在两人斜后方喝了起来。老人在说三明治应该夹什么才好吃。他的儿媳妇总是先煮好鸡蛋，然后捣碎夹进面包，但他觉得用黄油炒鸡蛋加上芥末味沙拉酱更好吃。听着这样的话题，加贺想起了父亲。父亲肯定不知道什么黄油炒鸡蛋和芥末味沙拉酱。

喝完饮料，加贺原路返回。老人们还在聊天。边听他们的交谈边漫步在树林中，感觉很不错。

快要走出公园时，他停了下来。他想起此前就是在这里看到女中学生打软式网球。也就是在那时,他知道了软式网球打气用具。

且慢……

加贺回忆那时的情景，即他对打气用具产生兴趣，请她们给他看一眼时的情景。

一种可能性忽然在加贺脑海中浮现。这个想法能够帮他解决至今未能想通的疑问之一。

不，不可能！他还是摇了摇头。无论如何，他都觉得想多了。不可能有这样的事。

他觉得应当否定这种想法。

加贺走出公园，匆匆向车站走去。

这天，因为有事，加贺必须回警视厅总部。在石神井公园站等车时，站内广播说下一班车是前往池袋的快车。这意味着在到达池袋前不会停车。

也就是说，不会在富士见台站停车。他心不在焉地想着，望向远方。透过高尔夫练习场的防护网，他看到了暗灰色的天空。

快车很快就进站了。加贺站在车门旁，等待乘客下车。他正打算上车，但在一只脚踏进车内的瞬间，他做出了决定，后退一步，离开车门。在他后面的中年女子上车后，以一种无法理解的眼神望着他。

车门关闭，快车驶离站台。加贺叹了口气，看向电子显示屏。上面显示下一班是去往池袋的普通慢车。

乘坐慢车在富士见台站下车后，加贺先在车站附近寻找卖水果的商店。旁边正好有一家镶有大玻璃窗的礼品水果专卖店，他便在那里买了一盒草莓。盒子里大小相仿的草莓摆放得整整齐齐。

拿着草莓，加贺向未绪的公寓走去。他曾几次送她回家，还为了调查叶琉子的物品进去过。但不知怎么回事，他今天的心情有所不同，有种奇妙的紧张感。

来到门前，加贺按下门铃，没人回应。加贺想未绪或许出门了，但又觉得不太可能，便又按了一次。同时，他想未绪也许是在睡觉。如果在睡觉，他不想打扰她。

还是没有反应。

加贺不知该怎么办，犹豫片刻后决定离开。这时，背后传来了咔嚓的开门声。

加贺停下脚步，回头一看。门开了二十厘米左右，门缝中露出未绪的脸。看到加贺，未绪惊讶地张开嘴。"加贺先生……"

"我以为你在睡觉呢。"加贺边折回边说。未绪将门完全打开。她穿着淡蓝色运动衫和牛仔裙。

"您怎么来了？"她问道。

"听说你累倒了，就过来看看，怎么样了？"

未绪闻言垂下目光，但很快又抬起头。"没事，就是有点难受……加贺先生，您是因为这个特意来的？"

"倒不能说是特意。"加贺露出笑容，随后想起了手里的盒装草莓，便递给她道，"尝尝这个，看起来很好吃。"

"哎呀。"她接过盒装草莓，但似乎没能立即想到答谢的话，只是来回看着加贺和草莓。可能是太意外了。

"那么，我就告辞了。"

加贺施礼后转身就走。也许是因为情绪高昂，他的脚步自然地快了起来。让他停下脚步的是未绪的喊声："加贺先生！"

他站住后，转身问道："怎么了？"

未绪仍保持开门时的姿势看着加贺。当两个人的视线相碰时，未绪避开了，看着手中的盒装草莓，然后以平静的声音问道："您能陪我一会儿吗？"

加贺瞬间不知该如何回答。他指着自己的胸口问道："我在这里可以吗？"

未绪点点头，打开门后小声说："请进。"

加贺走进房间，未绪请他坐到客厅的小沙发上。那是一张橙色沙发，上面摆着两个手工制作的靠垫，分别绣着"未绪"和"叶琉子"的罗马字母。

加贺以试探的语气咕哝道："是谁做的？"但在厨房准备咖啡的未绪好像并没听见。

玻璃矮桌上面放着十几盘录音带，几乎都是古典音乐，其中有《睡美人》和《天鹅湖》。旁边的餐具柜上有一台小型组合音响，上面插着耳机。加贺觉得这么听音乐或许是她为数不多的享受之一。

"对不起，就这么乱放着，也没有收拾。"用托盘端来咖啡的未绪发现加贺正在看录音带。她就好像被人看到了不该看的东西一样，急忙将录音带放进柜子。

"没事。对了，要不要放点音乐？"加贺用大拇指指向立体声装置，但未绪摇摇头。

"不，不用了。"

"但刚才你正在听音乐吧？"

"不用了，会分散精力。"

"分散精力？"

"总之不用了。"

未绪将咖啡和砂糖放在加贺面前。咖啡香气浓郁。加贺表示不用放糖。

"那个……"默默喝了一会儿咖啡,未绪有些犹豫地说道,"今天谢谢您了。"

加贺摆摆手。"我只是想来就来了。对了,别忘吃草莓。"

未绪闻言,终于有了笑容。"是在车站前的水果店买的吧?那家店很贵。因为那家的草莓大小基本一样。其实,比起那种形状整齐的,杂七杂八参差不齐的更好吃。就是居民区商店卖的那种装在塑料盒里、上面用黑色碳素笔写着价格的。"未绪咯咯地笑了,"其实那种草莓就可以了。"

"好吧,下次就买那种。"

加贺边喝咖啡边环视房间。未绪的视线也随之移动。

"是不是有什么奇怪的地方?"她担心地问道。

"不,没有。可以说是完美无瑕的年轻女性的房间。颜色华丽,还有一股清香,而且很整洁。但待在这种房间,我不知为何觉得有点不自在。"

"以前不是来过一次吗?"

"调查时就不一样了,可能是因为有正当理由。即便是平时不好意思打扰的地方,调查时也不会有抵触感。"

未绪目光中充满好奇。"比如说……"

加贺思索片刻后答道:"我进过女子大学学生宿舍的厕所。"

"为什么要进那种地方?"

"有个男人潜入女生宿舍企图骚扰女学生，就是从厕所的窗户进出的。"

"哦。"未绪瞪大眼睛，"您的工作也包括对付色狼？"

"不，那时我正调查其他杀人案。由于推断凶手是一个心理变态者，才到了那种地方。"

"这可真不容易。那您感觉怎么样？"

"你指的是……"

"就是进女生宿舍厕所。"

"其实也没怎么样。"加贺有点为难地挠着头，"感觉不过如此。事实上，那时我几乎无法找到有用的第一手证据。因为在警察赶到之前，女生们把厕所打扫得干干净净。地面和窗户擦得一尘不染，无法取得指纹和足迹。一进厕所，我就被浓浓的芳香剂熏得头晕，那也是女生们干的。"

未绪笑出声了。"我可以理解那些女孩的心情。不过，当刑警也不容易。"

"其实这不算什么大事。"

"是不是还体验过许多非常有趣的事？"

"不，没什么有趣的事。相比来说，烦恼更多。我们的工作就是这样。"

加贺的语气有些生硬。未绪好像忽然察觉到什么，低着头咕哝道："也是……"她用双手揉了揉露在裙子外面的膝盖，声音有些失望，"毕竟是工作，不能想有趣无趣什么的。"

加贺立刻觉得，或许是自己的回答令她失望了。

"那个……今天为什么想留我进来坐？"加贺小心翼翼地问道。

未绪左手托着下巴，像小孩在考虑问题似的歪着头。"没什么原因。"她回答说，"只不过今天不知怎么……很想听谁为我说点什么，只为我一个人。但已经够了。"她小声说道。

加贺喝完咖啡，将杯子放回桌上，面向未绪坐好。"给你讲个头骨的事吧，"他说，"就是我的前辈太田拿着头骨走遍东京的事。有人发现了一具身份不明的尸体，警方想从牙齿的治疗痕迹判明身份。太田前辈是把头骨装进盒子并用方形布包好拿着去的，在电车里，他想重新系一下，不料不小心让头骨滚到了旁边的座位前。有趣的是，周围的乘客虽然都看见了，却没有任何反应。我可以理解这些乘客的心情。忽然有骷髅头滚到自己面前，换成谁也不知道该露出什么表情，更何况拿着这种东西的可疑男人虽然说着'哎呀，掉了'，却还非常镇定地将它重新包起来。人们会感觉'刚才那是什么呀'，觉得看到了奇怪的东西却无法描述。后来将头骨拿到牙医那里时也很有趣。据说好多牙医都吓坏了。这倒也是。一般说'帮我看看牙'，牙医都会以为是活人的牙，绝不会想到是给骷髅看牙。但有一位牙医胆子特别大，据说是位年龄相当大的爷爷辈的。当太田前辈拿出头骨时，头骨正好背对着牙医，牙医便说'这颗牙可真够大的'。太田说'不，请看这边'，然后将正面转向他。他高兴地笑道：'这样一眼就可以看到所有的牙，真方便。'"

加贺一口气说完,其间未绪两次笑出了声音。等她笑完,加贺问道:"这故事有意思吗?"

"很有意思。"她答道,"谢谢您。"

"如果讲一些庸俗的事,还能讲出很多笑料。"

她微笑着摇摇头。"那也不会比头骨的有意思吧。"

"是啊。那样的毕竟很少见。"

"听到头骨的趣事就够了。"未绪用右手掌蹭着左手背,交替看着自己的手和加贺,有些害羞地说,"加贺先生,您真温柔。"

加贺也不好意思地说:"第一次听异性这样说我。"

"加贺先生,您有女朋友吗?"

"现在没有。"

"现在?"

"那是过去的事了。有一个女朋友,大学毕业时分手了。"加贺坦承道,"漂亮、聪明,而且坚强能干。"

"真叫人羡慕。"

"她是学茶道的,我也学过一阵子茶道,这才认识的。是高中时的事。现在她在出版社工作,是个职场里的女强人。"

"那她肯定见多识广。"未绪盯着自己的指甲,声音有点低沉地说道。

"也许。"加贺回答,"但已经多年没见过面,现在也不知怎么样了。"

未绪沉默不语。

加贺看了看表，发现时间竟过了很久，便急忙起身，感谢未绪的招待。

"应该是我谢谢您才对。"未绪在玄关处说道。

"哪里。请加油准备弗洛丽娜公主的角色。演出是后天吧？"

"是的。"她小声回答。

7

走出未绪住的公寓，加贺从富士见台站上车。过了傍晚时分，去往东京市中心的电车里人并不多，加贺很快找到了座位。

他想着未绪的事。她为何希望与他单独在一起？而且她为什么那么热衷听他说话呢？

很想听谁为我说点什么……

他回味着这句话的意思。她的目的是什么？

加贺若无其事地环视车内，最终将视线停留在斜对面车门边的一名女子身上。女子穿着佩斯利花纹的连衣裙，长发直垂到后背中央，乌黑且富有光泽。

怎么这么像，加贺想。他并不是指未绪，而是指刚才提到的前女友。但这并非偶然，只是由于刚刚提过而注意起有点相像的人。身材修长的长发女人，在大街上到处都有。

而且她……加贺不由得想起前女友。她不一定仍保持这种打扮。随着岁月的流逝，无论身体上还是心灵上，她都可能发生了很多变化。

加贺想象，如果现在遇到她，她会如何看待加贺和未绪的关系。她会说"原来你喜欢那种类型的女孩，真意外"，还是会说"看来你现在追求的是与我截然不同的类型"呢？

女人在下一站下车了。当车门关闭，电车重新启动时，加贺看到了她的脸。她一点都不像加贺的前女友。

加贺不得不苦笑。人就是这么回事。

但就在这一瞬间，他的表情忽然变得僵硬。

也许我们犯了一个极其荒唐的错误……他的心跳忽然加快，血涌上头。

这天晚上，加贺回到公寓，来不及解下领带就拿起电话。使用公用电话可能会让通话时间变长，使用警察专用电话又怕被别人听见，因此他一直忍着回到公寓才打。

他娴熟地按下电话号码。响了三次后，有人接起。

"我是加贺。"传来的是父亲极具个性的声音。

"是我，恭一郎。"

"嗯。"父亲答道。至此为止，对话和以前完全一样。

加贺说："我有件事想请教您。"

8

横滨城市剧场面海而建,是神奈川县屈指可数的剧场。各种节目在这里演出,能容纳两千名观众。高柳芭蕾舞团在神奈川县公演时,基本上都会选择这个剧场。

离正式开演还有一段时间,加贺在剧场附近的山下公园消磨时间。这天不巧是个阴天,寒风不时袭来。但公园里仍有不少年轻男女和举家出行的游客。

到了六点,加贺开始在剧场前排队。队伍已经很长。高柳芭蕾舞团相当有吸引力,这次似乎也基本卖光了门票。观众中,三五成群的年轻女性占绝大多数,其次是中年女性和带女儿来的母亲,也有两名男子同行的。但男性独自前来的只有加贺。

加贺的座位位于一楼中央附近,右数第三个座位,旁边就是出入口。他右边的两个座位一开始并没有人,马上就要开演时,来了两个年轻姑娘。加贺听见她们说,太靠边的位置有可能看不清。

加贺看向她们。"如果不介意,可不可以换一下座位?"她们果然露出了怀疑的表情。于是加贺只能说:"其实我是这个剧场的人,想了解最靠边位置的音效和视野。"

他的谎言发挥了效果。她们立刻同意调换位置。对她们来说,哪怕一点点也好,也想尽量往中间靠。

正式开演比原定的六点半晚了五分钟。乐队指挥在热烈的掌声中走上舞台，优雅地拿起了指挥棒。前奏华美地响起。

随后大幕上升，舞台上的盛宴就要开始。

就在这时，加贺站了起来。看到他走出来，走廊上的女工作人员露出诧异的表情。当他继续向后台走时，工作人员跑过来抓住他的胳膊说："客人，那里不能随便进！"

"没关系。"加贺拿出证件。工作人员露出畏怯的表情，放开了手。高柳芭蕾舞团发生了一连串案件，即便不是芭蕾舞界的人也知道。

来到后台，加贺感觉到了以前在东京时体验过的紧张气氛。身穿演出服的舞蹈演员们表情都像是准备出征。

有几个演员注意到了加贺，但并未觉得异常。最近一直被警察监视，他们已经习惯了。

加贺一路往里走。两侧都是舞蹈演员的休息室。大部分演员从序幕开始就要参加演出，因此人并不多。

其中有扇门上贴着"高柳亚希子　浅冈未绪"字样的名牌。加贺环视周围，轻轻敲了敲门，门内传来亚希子的声音："请进。"

看到加贺，亚希子化了妆的眼中透出畏惧的目光。她马上恢复平静，问道："有事？"但她的身体仍有些僵硬。

"没关系，不用动。"加贺说着进了屋。亚希子面向镜子坐着。加贺站到她身后，两个人通过镜子迎面对视。"看来你准备得差不多了。"

"是啊,马上就要出场了。"

马上,她强调了这一点。序幕确实不长,因此没有多少时间。

"我有几件事想请教。"加贺说,"都是你能简单回答的问题。"

"到底是什么事?能不能简略一点。"

"首先,"加贺看着镜中的亚希子,说道,"风间究竟向你要求了什么?"

她那被眼线笔强调的眼睛睁得更大了。随后,她轻轻摇了摇头。"你说什么?"她的声音已经有些慌乱。

加贺继续问道:"是钱,还是其他东西?"

她继续摇头。"我不知道你在说什么。"

"不可能不知道。"加贺说,"你应该知道。不,你什么都知道,不是吗?而且你也告诉过我发生在纽约的舞蹈演员和美术生之间的悲情故事。"

亚希子深吸一口气,然后慢慢呼出。她看向加贺。

加贺继续说道:"你跟我说过森井靖子和青木一弘的故事。这个故事大体上是真的,但最关键的地方不对。那就是主角的名字。与美术生坠入恋情的舞蹈演员其实是你。但青木被刺伤后,梶田在接受警方询问时,将青木的女友说成森井靖子。为什么要这样做呢?那是为了在约翰·托马斯面前保住有望成为国际级舞蹈演员的你的形象。幸运的是,你和青木谈恋爱一事几乎没人知道,当时的谎言也并未被识破。"

"这完全是捏造!"

"不,这是真的。"加贺说,"风间利之正是为此来见你的。那天晚上,也就是风间被杀的晚上,你就在芭蕾舞团。"

"不,那天晚上我——"

"请告诉我。"加贺打断了她,"风间到底要求什么?不可能是为了钱或财物。他要求你和他一起去纽约,对吗?"

亚希子倒吸一口凉气,一言不发,只是目不转睛地看着镜中的自己。

"我之所以猜到青木的女友是你,是因为他留下的一幅画。"加贺平静地说,"是一幅很好的画,你也应该看看。画中有一名舞蹈演员在纽约街头跳舞。我们一直以为那是森井靖子。也许是因为之前听说过青木的女友是靖子,但画中舞蹈演员的背影也的确有点像她。然而,我们忘了一个关键的问题,那就是她最近的体形是以你为标准的,四年前的她还没进行地狱式的减肥。"加贺接着说道,"那幅画与你一模一样。"

亚希子沉默不语,看得出她在紧咬牙关。

"想到这里,我不得不认为杀害风间的就是你。"

听到这句话,亚希子一脸惊讶。

"而叶琉子小姐是在包庇你。但遗憾的是,我无法理解为何叶琉子小姐要当牺牲品。难道是为了保护团里的首席女演员?不,这不可能。"加贺目不转睛地看着亚希子,"答案其实很简单。其实我本该更早点发现。明明有那么多线索,却错过了很多机会。但现在,我可以信心十足地说出,那天晚上在高柳芭蕾舞团的办公室究竟发生了什么事。"他向镜子里的她深深鞠躬,"请说吧。如果你继续保持沉默,很多人就要继续受苦,大家都得带着创伤生活,我则需要继续调查他们,直到水落石出。对谁来说,这都只能是不幸的马拉松。拜托了。"

令人压抑的沉默支配着两个人。《睡美人》的曲子从舞台传了过来。

"一开始……"亚希子终于开口了,"一开始,我想今天演出结束后再说,到时候再考虑以后的事。但没想到靖子会那样,而且你们也认为青木的女友是她,因此我以为没事了……也许是我太自私了。"

加贺抬起头。两人四目相对时,亚希子瞥了一眼镜前的钟,先说出了在纽约时的情况。"正如你所说,青木的女友是我。"

"你以前跟我说的森井靖子的恋爱故事,其实全都是你的经历吧?"

亚希子点点头。现在回想起来,加贺可以理解当时她为何表情略显痛苦。

"刺伤青木的也是你?"

亚希子闻言,露出一种乞求般的目光。"是不小心刺伤的。我们准备回国的那天,他约我,说想见最后一面。但他另有目的。他持刀威胁我,将我监禁在宾馆的房间里,求我留下来。可我不想放弃芭蕾。我哭着请他原谅。当他知道无法说服我后,忽然扑向我,紧紧扼住了我的脖子。我拼命夺刀反抗,无意中刺伤了他。"

"梶田应该知道这件事吧？"

"是的。我向母亲和梶田老师说明了情况，梶田老师便又在纽约待了几天，观察动向。警察来找托马斯先生时，梶田老师立刻说出靖子的名字，理由和你的推理一样。但梶田老师原以为这种谎言很快就会败露。如果青木得救，警方就会从他口中得知真相。即使不能得救，也会很自然怀疑他的女友。而且当时也没想到靖子会帮这个忙。"

"幸运的是谎言并未被揭穿。"

"因为青木圆了谎，而且也没提我的名字。也许是怕影响我的舞者生涯。据说过了几天，梶田老师去见过青木，问他为什么没提到我的名字，他说因为至今仍爱着我。"吐了一口气，亚希子喃喃道，"他是个好人。如果能以其他形式与他相识，那该多好。梶田老师与他分别时好像恳求过他，如果有人问他女友的名字，就回答是森井靖子。但他说他不会回答任何问题。"

加贺想，男人就应该这样。

"这件事发生在四年前的纽约。"

亚希子点了点头。

"而这又成了这次案件的元凶。"

"可以这么说。"

"请告诉我。"加贺说道。

亚希子咽了口唾沫，似乎下定了决心，说道："正如你所说，那天晚上我确实是在芭蕾舞团。我打算练习。当我在换衣服前来到办公室时，听见有人不停敲窗户玻璃。我一看，就是那个人，在那之前我们并没见过。我吃惊地问他是谁，他大声说，有件与青木有关的事想和我说。因为听见了青木两个字，而且也怕被别人听见，我便打开窗户。那人一脸平静地进了房间，然后……就像你想象的，那个人想让我去纽约。"

"为了和青木见面，是吧？"

"是的。那人……风间说，青木来过信，信中说想托风间处理自己的画，希望与风间通话。风间便打了电话。在电话中，青木说想死。无论在身体上还是在精神上，自己已经无可救药，不想再活下去。风间为了让青木抱有希望地活下去，跟青木说会把我带到纽约。因此风间希望我和他一起去，见一面……可以马上回来。"

"但你拒绝了。"

"嗯。"她点点头，"因为这不可能。公演就在眼前，而且即使没有公演……"

"他怎么说？"

"他说如果我不照他说的做，他就公开我和青木的关系。我别无他法，只能答应他的要求。随后他说他要打电话给青木，让他听听我的声音。看到他真的要打电话，我忽然觉得无论如何也不能去纽约。因此在电话还没有打通时，我就扑过去夺下了话筒。他极度恼怒，向我扑过来，抓住我的胳膊。我们正厮打时……"

"风间忽然倒下了，是吧？"

"是的……"

"击打风间头部的是叶琉子？"

"……"

"不是吧？"

亚希子低下头，似乎无法再说了。

"知道了。"加贺说道，"这个问题就问到这里吧。之后发生的事我会问别人，而且与我预料的也八九不离十。另外，给柳生下毒的是你吗？"

"不是。"亚希子回答，然后有些犹豫地沉默不语。

"不是你啊。除了你，只有一个人知道四年前的事。就是高柳静子。她是不是知道一切真相？"

"不。我并没向母亲说明过。她只是为了不让人调查四年前的事才那样做的。但她或许察觉到一些。"亚希子似在自言自语般补充道。

"可以了。就说到这儿吧。马上就到演出时间了。"

正如加贺所说，外面变得嘈杂起来。序幕好像结束了。

"谢谢你。加油。"说完，加贺走出房间。

看到加贺走出自己的休息室，未绪躲了起来。看到他走远后，她才开门进去。

看到未绪，亚希子的眼神有些悲戚，默默摇了摇头。这个动作诉说了一切。

"不行。"亚希子说,"果然不行。那位刑警知道了一切。"

未绪点点头,但很意外地并不沮丧。她觉得加贺早晚会弄清真相。

"对不起,未绪。"亚希子起身搂住未绪的肩膀,"你保护了我,我却未能保护你。"

"没关系。"未绪说,"这样我就解脱了。因为再也不必撒谎了。"

"未绪……"

"别在意。比起那个,我更想圆满完成今天的演出,作为我一生最美好的回忆。"

"对,是啊。我会忘记一切,一定要跳出最高水平的舞。为了未绪你。"

听到这句话,未绪差点掉下眼泪,不得不咬紧牙关忍住。

一切都是从那天晚上开始的。

那天,正式练习结束后,亚希子约未绪加练。未绪当然没有拒绝。《睡美人》公演就在眼前,两个人都想多练一会儿。

芭蕾舞团的钥匙是由亚希子保管的。两人先吃了饭,然后回到排练厅。

问题就在这里。

从前后的状况来看,风间好像一直在跟踪她们。他或许是在等待亚希子独处。但两人并未分开,而是一起来到排练厅前。

如果当时未绪也进入排练厅,事情的发展就可能完全不同。但进入排练厅的只有亚希子。未绪有事要去超市,便在楼前停下脚步。这时，玄关的钥匙是由未绪拿着的，因为亚希子说她会从里面上锁。

看到未绪走远，风间靠近芭蕾舞团。但玄关的门上了锁，为了与亚希子见面，他不得不在楼周围徘徊。正如他预想的那样，亚希子在办公室。

当未绪购物回来打开玄关进去时，听到了争吵声。她小心翼翼地走近办公室，尽量不发出脚步声。向里一看，发现亚希子正被一个陌生人袭击。

未绪想，一定要保护首席女演员。如果她发生意外，最后的梦也就化为泡影了。

进入未绪视线的是一个金属花瓶，正好就在男人后面。她弯下腰进入房间拿起花瓶，用力挥向男人头部。

她的双手感到了从未体验过的冲击。

随后，男人瘫倒在地板上。

《睡美人》的第一幕开始了。扮演奥罗拉公主的亚希子舞姿完美，好像刚才没有发生过任何事。她跳舞时，加贺的视线一直投向她的后方。扮演仙女的未绪就在那里。她跳得越是可爱，加贺的心就越发疼痛。

他并非完全没怀疑过未绪。他一直在想，如果叶琉子是想包庇某个人，最大的可能就是未绪。但反过来想，又觉得根本不必包庇。如果叶琉子主张自己是正当防卫，那未绪也完全可以这么主张。两个人都是年轻姑娘，不必撒谎也应该能解决问题。而且更难以理解的是让好友承担责任这一点。如果是真正的好友，根本不可能这样做。

正是基于这种推理，加贺很早就消除了对未绪的怀疑。

但前天在石神井公园散步时，加贺开始怀疑自己的推理。他想起了软式网球的打气用具。

在一起看完棒球赛回来的路上，他问过她注射针的事，问她是否在周围见过注射针。

假设她没有忘记那件事。当加贺发现打气用具而兴奋不已时，她是怎么想的呢？她一定也注意到凶手使用的是打气用具的尖端部分。

另外，如果她知道周围有人有打气用具……

有关森井靖子的死，最令人费解的是她的动机。假设她是怕被警察拘捕，那她又是怎么知道警察准备拘捕自己呢？而且时机还如此绝妙。

如果靖子有打气用具，未绪又知道这一情况，那会怎么样？未绪应该知道杀梶田的凶手是靖子，而且认为警察会根据这个线索在近期拘捕她。

未绪立刻将这一情况告诉靖子。她半夜来到靖子的住处，告诉她警察马上就会来拘捕她。未绪住的富士见台和靖子住的中村桥只有一站之隔，走路稍远，但骑自行车还可以。加贺记得未绪住的公寓一楼有很大的自行车停车场。

靖子得知警察马上会拘捕自己的消息后，绝望地自杀了。

以上推理是加贺对未绪最初的怀疑。但即便真相如此，这些情况也不会成为问题。未绪并无犯罪行为。

后来，另一种推理在加贺脑海中浮现，即青木的女友不是靖子而是亚希子。这是他偶然想到的，却可以解决至今为止的所有难点。

最大的收获是发现了靖子杀梶田的动机——假设靖子得知亚希子在纽约的行为被说成是自己所为，并且知道了原因就在梶田。

靖子想通过减肥改造体形，从而得到梶田的认可。她一定认为这是通往著名舞蹈演员的捷径。但如果她知道了自己四年前已经被梶田背叛……

但靖子究竟是通过怎样的途径知道这些情况的？关于这一点，加贺有一番想象，即风间应该和靖子见过面。

第一幕结束后，未绪等人回到后台。未绪走进休息室，看到先到一步的亚希子正在补妆。她还要在第二幕和第三幕演出。未绪在第二幕没有演出，可以喘口气。

"今天的状态很好。"亚希子说，"真想保持到最后。"

未绪点点头，开始脱演出服。

面对镜子，未绪回想起上次的演出，即梶田被杀时的情形。那件事与未绪和亚希子都有关。

基础练习开始前，亚希子曾和未绪说过："我的包里有一个奇怪的东西。"她拿出一张小纸片，上面写着如下内容：

> 我知道风间之死与你有关。如果不想让警察知道，按我的要求去做。

纸上还写了奇怪的指示，让她在基础练习开始前在梶田上衣上浇半杯水。

"这是什么意思？"

未绪摇了摇头。有人知道风间之死的秘密已经令人诧异，信中的要求更是莫名其妙。

"总之，先按要求做完再说。"亚希子说。她避开人们的视线，按要求浇上了水。

正因为发生过这件事，当梶田被杀时，她们非常震惊，但对于凶手是谁又毫无头绪。

但后来，未绪断定是靖子干的，根据有两处。第一是亚希子调查过梶田上衣被浇时有不在场证明的人员名单。她认为靖子之所以让亚希子浇湿衣服，是为了给自己创造不在场证明。名单中一共有六人，其中就有靖子。

第二则是软式网球用的打气工具。看到加贺发现这个东西时的表情，未绪也明白了注射针的来源，同时也想起以前去靖子的住处玩时，看到过这种东西。

根据这两条线索，未绪断定靖子就是凶手。

那天晚上，未绪骑自行车来到靖子的公寓。她没坐出租车，是因为害怕深夜和司机独处。

没想到，靖子很快承认了未绪的推理，说杀害梶田的就是自己。

"因为我被他背叛了。"靖子流着泪说道，"风间其实也来过我这里。他是为了弄清真相才来的。他问我，为什么一定要说青木的女友是我。我大吃一惊，一开始并没相信他。他告诉我很多事情，可我还是不相信。梶田老师曾表扬我跳得好，只要听他的话就能够成为顶尖的舞蹈演员。我相信老师的话。这样的老师不可能陷害我。但……"靖子的双手交握在胸前，不停颤抖，"当我知道风间被杀后，心理防线便崩溃了。他被杀一定事出有因。既然如此，那他说的应该都是真的。绝对不能饶恕。我开始憎恨所有人。最恨的当然是梶田老师。我将未来寄托在他身上，他也明知这一情况……为了得到老师的认可，为了变成亚希子那样的身材，我拼了命减肥。这算什么？我成了她不检点行为的替罪羊，却还想变成她……"

靖子趴在榻榻米上哭了起来。未绪找不到合适的话来安慰她。这里也有一个令人同情的舞蹈演员。下的赌注越大，理想破灭时的打击也就越大。

哭了一阵后，靖子抬起头，眼睛通红地望着未绪。"未绪，谢谢你告诉我有关警察的消息。你是来劝我自首的吧？"

"是啊，但……"未绪直截了当地答道，"希望你在横滨公演结束之前保密，我是来求你这件事的。"

"这是怎么回事？"

看着靖子一脸疑惑，未绪严肃地说："我也对你说实话吧。杀风间的是我。这次公演将会是我最后的演出。"

在第二幕最后，沉睡百年的奥罗拉公主在王子的亲吻下醒来。随着她的苏醒，沉睡的森林恢复了生机。

加贺想，那里也是沉睡的森林。整个高柳芭蕾舞团都被囚禁在苍郁的森林中。

青木一弘的女友是高柳亚希子，这种想法与亚希子杀了风间的推理相吻合。但还有一点令人费解。叶琉子为何献身包庇亚希子？叶琉子也是一个有前途的舞蹈演员，她也应该有梦想和未来。

是什么意外导致叶琉子错杀了风间呢？如果是那样，为何又撒谎说是正当防卫而不主张过失致死？当时在场的亚希子也不可能只为守护自己的秘密而让叶琉子扮演这种危险的角色。

能够想到的只有另外一种可能性。犯下过失的有可能是第三个人。

加贺脑海里再次出现了未绪。

加贺重新调查了一遍未绪和叶琉子的关系，看看是否有疏忽的地方，是否遗忘了什么重要问题。

找到了！

线索在完全意想不到的另一个问题上。

叶琉子曾引发过交通事故，同乘者就是浅冈未绪。当时，叶琉子腿部受伤，不得不长期卧床休息。未绪则是轻伤，当天就出了院。

但加贺几次见到未绪忽然变得异常。她自己说是贫血，可真的如此吗？

加贺打电话询问父亲。父亲最近帮忙解决了朋友儿子的交通事故，这方面的知识应该很丰富。加贺将未绪说她自己异常时的情形告诉了父亲。

"虽然不能断定，但应该是交通事故的后遗症。"父亲答道，"人的大脑结构非常复杂，医学再发达，还是有很多问题并未解决。即便当时检查没有问题，之后也会忽然出现头疼、耳鸣等症状，因此纠纷也多。"

"有没有特别明显的症状？"加贺问道。

"正是由于弄不清这一点，人们才苦恼。也有人说后遗症不过是心理作用。但实际上也有人事后出现视力下降的情况。"

"也就是说因人而异？"

"是啊，也有人只在雨天时耳鸣。"

"雨天？"加贺追问道，"和天气有关系？"

"有很大关系。这是后遗症的一大特征，雨天、阴天、换季时往往容易头疼。"

雨天……

加贺查了一下未绪感觉不适时的天气，没错，都是雨天或阴天。这么说来，梶田葬礼那天也是雨天。雨停后，加贺还与她一起去过石神井公园。

加贺用一天时间找了不少脑外科医生。他觉得未绪或许在某位医生那里治疗。终于，他在一家综合医院的脑外科找到了她的病历。

主治医生歪着头说道："我记得她。我让她来继续治疗，但她始终没来，我还以为出了什么事。"

"她是什么症状？"加贺问道。

"她说有时会忽然耳鸣，然后听力就下降。我问她是否发生过什么事故，她没有明确回答，只是说自己引起的事故。"

加贺带着绝望的心情离开了医院。

耳朵……

原来是这样，加贺终于解开了所有谜团。未绪跳舞时忽然停下，一定是因为听不见音乐，而不是什么头晕。

如果症状继续发展……

在她房间的桌子上放着很多古典音乐的磁带。她是不是为了在能够听见时，将优美的曲子记在脑中呢？

加贺不由得想起了她之前说的话——很想听谁为我说点什么，只为我一个人。

如果是为了你，我会有说不尽的话……

第三幕开始了，这是最后一幕。未绪暗暗发誓，一定要发挥出最高水平。

为了跳好这一天的舞,未绪不知倾注了多少心血。对于叶琉子,未绪简直无法用语言表达感激之情。那只是一起不幸的交通事故,她不想让叶琉子以那种形式承担责任。

意识到失手杀了风间利之后,未绪和亚希子呆若木鸡。亚希子好像没有反应过来究竟发生了什么事,未绪也没想到自己惹了这么大的祸。

这时,叶琉子回来了。

她吃惊地询问情况,但未绪什么都答不上来。亚希子断断续续地说出倒在地上的男人和自己的关系。

"我去自首。"听完整个情况,未绪颤抖着说,"只能这样,这是最好的办法。"

"不行,这样不行。"叶琉子说,"我不会让你这么做。没关系,我来想办法。"

"难道你有什么好办法?"亚希子问道。

"有。如果处理得当,我也不会受到追究。运气好的话,还不用公开这个人和亚希子的关系。"叶琉子好像找到了什么好办法。

"但如果真是好办法,就由我来演这个角色吧。"

未绪一说,叶琉子抓住她的双肩道:"不行。这个方法需要一些忍耐,短时间内可能会失去自由。如果你这样做,将无法演弗洛丽娜公主。你不是把一切都赌在这次公演上了吗?"

"叶琉子……"

"别伤心,我能为你做的恐怕也就是这种事。我已经剥夺了你最宝贵的东西。来，快点。"叶琉子催促未绪和亚希子，"这里的一切就交给我。"

所谓正当防卫就是这么编造出来的。从警察看不出破绽这一点也可以证明叶琉子的处理可谓天衣无缝。

当然，未绪也下过决心。如果叶琉子无法无罪释放，她就去自首。

"谢谢你，叶琉子。"未绪喃喃道。

扮演蓝鸟的柳生在旁边小声说："快点，未绪，轮到我们出场了。"

加贺试图将舞台上未绪的舞姿牢牢记在脑中。未绪随着旋律完美地旋转、起跳、摆出姿势。她宛如洋娃娃，轻盈的舞姿令人怀疑到底是不是人在跳舞，甚至让人产生童话中的主人公正在跳舞的错觉。但那弗洛丽娜公主就是未绪。虽然可爱至极，甚至超越了人的潜能，但确实是未绪。

扮演蓝鸟的柳生不止一次地高高跳起。加贺默默祈祷：加油！希望借用你的力量来让她的演出达到最完美的效果。

两个人翩翩起舞。加贺被这完美无缺的画面深深打动。他决不会忘记这一幕。

"爸爸，其实我一直在注意那个女孩。"

加贺忽然想起了前天与父亲通话时的情景，那是在谈完后遗症之后。

"你是说那个也许患有后遗症的女孩？"

"对。"

"嗯。"

"那个女孩有可能是嫌疑人。"

"嗯。"

"但我还是在意她。"

"是吗？"

"所以我想保护她。只有我能保护她。"

沉默片刻后，父亲说："知道了。想说的就这些？"

"就这些。"加贺答道。

父亲略一停顿，又开口道："嗯。那我挂电话了。"

加贺看着未绪的身影，反复回忆与父亲说过的话。我想保护她……

未绪和柳生在掌声中离开舞台，加贺也鼓起掌来。

他们离开后，舞蹈仍在继续。加贺觉得他以后也许再也不会这么全神贯注地看整场芭蕾舞了。

最后是所有参演者的共同表演。出现在第三幕中的所有角色都出来跳舞。

这才是未绪最后的舞姿——加贺边想边寻找弗洛丽娜公主。

但找遍舞台的前前后后，加贺也没有看到未绪的蓝色装束。扮演其他角色的演员都在场，包括扮演蓝鸟的柳生。

难道……加贺站了起来。难道她听不见了？

来到走廊,加贺朝后台跑去。工作人员正在后台休息。

"弗洛丽娜公主在哪儿?"加贺问。

"说是脚疼,回休息室了。"

"脚?"

加贺拨开人群跑了起来,他跑进未绪等人的休息室,但那里只有中野妙子。

"弗洛丽娜公主呢?"

"她不在,说是脚疼,我也是来看她的。"

加贺走出房间,环视走廊。看到通往后侧的门在动,他毫不犹豫地开门出去一看,只见未绪正蹲在狭窄的走廊里。她穿着弗洛丽娜公主的演出服,双手掩面哭泣。加贺站在她身旁,等待她平静下来。

过了一会儿,未绪抬起头。发现站在旁边的是加贺,她默默起身,匆匆鞠躬致意。

"听得见吗?"加贺问道。未绪有点吃惊,但并没问加贺如何知道这一秘密的,只是说:"靠近的话能够听见。"

"我看了你的表演,跳得非常棒。"

未绪用哭得通红的眼睛凝视加贺。"加贺先生,您……逮捕我吧。"

"嗯,"加贺拉过她的手,"现在就逮捕你。"

"这样我就能赎罪了。这些天真的很漫长。"说完,未绪的表情明显有一种解脱后的轻松感。

"赎罪是必要的,"加贺说,"但同样也需要公正的审判。对你来说,这次的案件只是不走运而已。"

未绪哭得脸上的妆都花了。"加贺先生……"

"我会保护你的。"加贺说道。

"加贺先生……我不会忘记您的声音。"

未绪一时语塞。加贺轻轻地拉过她,小声说道:"没关系。你的耳朵我也会想办法的。"

他轻轻地吻了尚未卸妆的未绪。这一吻令人怦然心动。

"因为我喜欢你。"

加贺紧紧地抱住了未绪。

图书在版编目（CIP）数据

沉睡的森林／（日）东野圭吾著；郑琳译．－－ 2 版
．－－ 海口：南海出版公司，2019.3
（东野圭吾作品）
ISBN 978－7－5442－9420－1

Ⅰ．①沉… Ⅱ．①东… ②郑… Ⅲ．①长篇小说－日本－现代 Ⅳ．① I313.45

中国版本图书馆 CIP 数据核字（2018）第 221795 号

著作权合同登记号　图字：30－2018－117
NEMURI NO MORI
© Keigo Higashino 1992
Original Japanese edition published by KODANSHA LTD.
Publication rights for Simplified Chinese character edition arranged with KODANSHA LTD.
through KODANSHA BEIJING CULTURE LTD. Beijing, China.
All rights reserved.

沉睡的森林
〔日〕东野圭吾　著
郑琳　译

出　　版	南海出版公司　（0898）66568511
	海口市海秀中路 51 号星华大厦五楼　邮编 570206
发　　行	新经典发行有限公司
	电话 (010)68423599　邮箱 editor@readinglife.com
经　　销	新华书店
责任编辑	张　锐
特邀编辑	杨雯潇　王　雪
装帧设计	朱　琳
内文制作	王春雪
印　　刷	山东京沪印刷科技有限公司
开　　本	850 毫米 ×1168 毫米　1/32
印　　张	8
字　　数	154 千
版　　次	2012 年 10 月第 1 版　2019 年 3 月第 2 版
印　　次	2025 年 6 月第 48 次印刷
书　　号	ISBN 978－7－5442－9420－1
定　　价	49.50 元

版权所有，侵权必究
如有印装质量问题，请发邮件至 zhiliang@readinglife.com